剑桥历史分类读本

中国文学的历史

丁牧 主编

中国商务出版社
CHINA COMMERCE AND TRADE PRESS

图书在版编目（CIP）数据

中国文学的历史 / 丁牧主编 . -- 北京：中国商务
出版社，2017.8

剑桥历史分类读本

ISBN 978-7-5103-2008-8

Ⅰ . ①中… Ⅱ . ①丁… Ⅲ . ①中国文学—文学史
Ⅳ . ① I209

中国版本图书馆 CIP 数据核字 (2017) 第 206656 号

剑桥历史分类读本

中国文学的历史

ZHONGGUO WENXUE DE LISHI

丁牧　主编

出　　　版：中国商务出版社
地　　　址：北京市东城区安定门外大街东后巷 28 号　　邮编：100710
责任部门：中国商务出版社　商务与文化事业部（010 — 64515151）
总 发 行：中国商务出版社　商务与文化事业部（010 — 64226011）
责任编辑：崔　笏
网　　　址：http://www.cctpress.com
邮　　　箱：shangwuyuwenhua@126.com
排　　　版：映象视觉
印　　　刷：北京市松源印刷有限公司
开　　　本：700 毫米 × 1000 毫米　　1/16
印　　　张：14.5　　　　　　　　　字　　数：202 千字
版　　　次：2018 年 1 月第 1 版　　　印　　次：2022 年 1 月第 2 次印刷
书　　　号：978-7-5103-2008-8
定　　　价：42.00 元

编委会

序

　　我在大学任教多年，一个较明显的体会是，许多学生对人类文化发展的历史知之甚少。就是说，那些人类传承下来的宝贵历史财富，许多学生并没有很好地吸收接纳。古人曾指出"以史为镜，可以知兴替"，所以说，了解人类文化的历史，是很重要的。了解历史能使我们开阔视野，吸取经验教训，明白人类是如何走到今天，这对我们的成长大有裨益。

　　读历史很重要，如何选择历史读本也很重要。剑桥大学编纂出版的历史类图书，是世界公认的最权威、最全面的历史图书之一，剑桥大学不但出版按国别区分的历史类图书，而且还出版了按类别区分的历史类图书。阅读学习这样的史书，对读者的帮助很大。

　　现在摆在你面前的这套"剑桥历史分类读本"，就是参照了剑桥大学出版的大量分类历史图书的体例，又借鉴了我们国内相关历史类图书的写作方式，按照中国人的阅读习惯，精心筛选，重新编写而成的。另外，每册图书又配以近200张彩色图片，力求用图说的形式和通俗易懂的语言，来更为生动形象地讲述历史。

　　相信这套图文并茂的"剑桥历史分类读本"，无论对于在校的中学生、大学生，还是已步入社会的青年朋友，都是值得一读的，它既能让你获得美的享受，又能让你得到思想的启迪。因此，我特向你推荐这套开卷有益的图书。是为序。

丁　牧

中央电视台《百家讲坛》主讲人

北京电影学院文学系教授、博士生导师

前言

　　剑桥大学编纂出版的历史类图书,是世界公认的最权威、最全面的历史图书之一,剑桥大学不但出版按国别区分的历史类图书,而且还出版了按类别区分的历史类图书。

　　剑桥大学出版的历史图书有两个显著的特点:一是撰写历史时,大都是放在大的文化背景下阐述,有着文化的历史的标志;二是这些历史图书大多不是刻板生硬的教材,而是用通俗易懂的文字来描述历史。这是我们这套丛书参照编写的原因。

　　中国的大学生以及毕业后走上工作岗位的白领们,由于初高中时期繁重的作业及应试压力,他们对于人类的历史只是一知半解,对于那些人类传承下来的宝贵的历史财富,并没有很好地吸收接纳。古人曾指出"以史为镜,可以知兴替",所以说,了解人类的历史,是件很重要的事情,这将使我们在人生的道路上终身受益。

　　本套丛书参照剑桥大学编纂出版的按类别区分的历史类图书,同时也参照其按国别区分的历史类图书,在此基础上,又结合了我们国内历史类图书的内容,这样就形成了本套图书的体例。

　　虽然剑桥大学的历史图书比较通俗,但对于非历史专业的读者来说,读起来还是有些困难。所以,为达到通俗易懂的目的,本套丛书在形成的体例基础上,以大事件将历史串联起来,同时每册图书还配以近200张彩色图片。不仅如此,每册图书都是以历史真实事件为基础、用故事性的描述语言编写完成的。

　　希望经我们的努力,打造出的这套丛书,能得到读者朋友们的喜爱。

《剑桥中国文学史》将中国文学的分期，放在大的文化史下面，是一种"文学文化史"的方法，即开端至西汉（先秦至公元 8 年）；东汉至西晋（公元 25 年至公元 317 年）；从东晋至初唐（公元 317 年至公元 649 年）；文化唐朝（公元 650 年至公元 1020 年）；北宋（公元 1020 年至公元 1126 年）；南方与北方的 12 世纪和 13 世纪；金末至明初（约公元 1230 年至约公元 1375 年）；明代前中期（公元 1375 年至公元 1572 年）；晚明文学文化（公元 1573 年至公元 1644 年）；清初（公元 1644 年至公元 1723 年）；文人的时代及其终结（公元 1723 年至公元 1840 年）；1841 年至 1937 年间的中国文学；1937 年至 1949 年间的中国文学。按照这样的体例，我们又补充：1949 年至 1978 年间的中国文学；1978 年至今的中国文学。我们在每个时期中事件的具体描述，还是尽可能地尊重已有的分类惯例。

　　我们的祖先从篝火旁讲故事开始，就已经孕育文学了。甲骨文的出现、活字印刷的发明，一直到印刷术的普及，中国文学便插上了腾飞的翅膀。在本书第一章的"开端至西汉"时期，我们从"甲骨文与青铜器铭文"入手，一直讲到文化高度成熟的西汉。而后中国又经过了数百年的混乱，迎来了"文化唐朝"，这是一个文学大繁荣的时代，产生了如李白、杜甫这样的大诗人。到了"北宋"，宋词蓬勃发展起来，随着宋朝迁至南方，促进了爱国诗词大量涌现，显示出高超的艺术水平。明清两代，按照大文化的分类，可以分成不同的各个阶段，在这一时期，中国的作家们继承优秀传统的同时，又有创新和突破，《红楼梦》便是这一时期的佼佼者。1840 年鸦片战争和 1895 年甲午战争的失败，唤起了中国人的爱国激情，是近现代文学的主流，是反封建与倡导民主和科学的。随后中国社会几经震荡，迎来了新中国成立和改革开放，中国文学开始进入健康发展的道路。

目　录

第一章
开端至西汉
（先秦—8年）

汉字作为一种书写系统，最早的证据是甲骨文和青铜器铭文，其发现于今日安阳附近的殷商末代都城，安阳位于今河南省的最北端。在此后3000多年间，中国文学通过语言和文字，勾勒出一个连绵不断的文化脉络。

——《剑桥中国文学史》

甲骨文与青铜器铭文

中华民族在数千上万年的发展历程中，创造了独特的历史文化。中华民族创造的古老而璀璨的文化，是中华民族睿智和审美实践的结晶，其中文学是重要部分，我们先从甲骨文与青铜器铭文说起。

汉字始祖

甲骨文全称"龟甲兽骨文"，又叫"契文""甲骨卜辞"，是中国迄今所知最古老的一种成熟文字。在汉字漫长的发展历史上，甲骨文具有极其重要的地位，作为现代汉字的鼻祖是当之无愧的。

甲骨文被大量发现于中国商朝后期王室遗址，多是用于占卜吉凶记事而在龟甲或兽骨上契刻的文字，记录和反映了当时的政治、经济情况。

青铜器铭文被大量发现于战国时期刻于青铜器的表面，因此又习称金文，有铸铭与刻铭两种。但之前即有发现，商代晚期的金文仅铭有所谓族氏铭文，即家族之名号，用以表明作器者之属；或铭有本家族死去先人的；或仅铭有作器者名的。

西周早期的青铜器铭文，形式较松散，每竖列字数基本相同，不过由于字的大小不一，横排无法齐整，字形亦有波折。到了西周中期，铭文中出现记录周王于宫廷进行册命之礼，流行"子子孙孙万年永宝用"之类文辞。

西周后期至东周春秋战国时期，青铜铭文的发展达到鼎盛时期，内容和思想上也是异彩纷呈。这主要原因是青铜器的铸造技术与美学工艺达到前所未有的精致程度。同时，不同地理区域的金文也有了较大的差别。

文学历史的黄金记忆

作为"最早的汉字"，甲骨文是研究商周时期社会历史的重要资料，其形体结构已由独立体趋向合体，而且出现了大量的形声字。它上承原始刻绘符号,下启青铜铭文,是汉字发展的关键形态。

青铜器铭文,是中国文学历史之发轫,更应该视为古文字学研究的一项重要内容。研究青铜器铭文在各历史阶段之字形特点、修辞、语句、文法的习惯及其演化过程,可以对当时的历史人文有较深刻的理解。

尤其要指出的是,本期还有许多器铭属于韵文,亦是非常有特色的。

春秋时期的青铜器,绝大多数是由各诸侯国及各国内卿大夫制造的,因此这一时期的青铜器铭文,也能够真实地反映出诸侯、大夫之社会活动与其典章制度,有颂扬先祖、祝愿家族昌盛、上下团结等套语。而且,无论是在内容还是形式上,铭文均表现出浓厚的地域性,从而形成了如"百家争鸣"般丰富多彩的局面。

甲骨文

到了战国时期,铭文的内容上对于记明铸器之事由与器主已经较为简单了。随着统治者对与兵器、度量衡相关联的手工业的控制加强,因此铭文载体得到很大扩展,同时在铭文中出现"物勒工名"的内容;而在兵器、量器、酒器、食器上,也多可以见到对负责监制青铜器者的官职名号、直接铸作器物的工匠名,以及记置用地点与掌管者官职,量器办记容量、重量及使用地点等。

甲骨文和青铜器铭文,不仅是古文字学研究的一类重要的材料,有重要的史料价值,而且也是表达出中国文化发源时那段黄金时代的记忆。正如那些保存数千年的龟甲和青铜器一样,这些语言同样也是既精致又耐久,为从历史中提炼出来的记忆提供了一种保存格式。

《诗经》：中国第一部诗歌总集

《剑桥中国文学史》指出，中国诗歌起源于西周时期的宗庙祭祀与政治仪式，由宫廷官员在这些场合制作完成。那些内容最广泛和最持久地影响了上古中国诗歌，其中一些保存在《诗经》中。

古人的集体智慧

中国的诗歌，大约起源于西周时期的宗庙祭祀和政治仪式，由宫廷官员负责写成。而作为中国第一部诗歌总集《诗经》的出现，虽然并未记载于先秦古籍中，但在中国文学史上著名的"献诗"和"删诗"之说，还是能找寻到一些《诗经》作品的来源和编定信息的。由此大致确定，《诗经》大约于公元前6世纪最后编定成书。

另外，从《诗经》的内容来看，可以得知其产生的地域约相当于黄河中下游及湖北北部一带；而作者则涵括了上自贵族下至平民的社会各个阶层。时代如此之长，地域如此之广，作者如此复杂，显然是经过有目的的搜集整理才成书的。

汉人认为，这些作品的编集成书是经过了孔子的删定。而其实早在孔子的时代，已有与今本《诗经》相近的"诗三百篇"的存在。或许可以这样理解，孔子对"诗"作过"正乐"的工作，也可能对"诗"的内容和文字有些加工整理。

今本《诗经》共有305首诗，分为"风""雅""颂"三大部分，都因音乐得名。就内容而言，可在《国风》与《雅》《颂》之间画出一条界限："国风"是地方乐调，收录160首民歌，多为简短的抒情诗，语言简单朴素，被视为是普通民众的声音；"雅"分大雅31首、小雅74首，多为贵族所作的乐章；"颂"有40首，则是用于宗庙祭祀性的歌颂。

古代诗歌的光辉起点

《诗经》的思想内容丰富多彩，蔚为大观，充分展现了公元前1000年至公元前600年西周初年到春秋中叶黄河流域广阔的社会生活图景。

首先，《诗经》中反映阶级压迫和奴役的诗篇最值得重视。它们深刻地揭示了当时社会的本质面貌，从中能听到被压迫的下层人民和奴隶那痛苦的呻吟和愤怒的抗议声。

表现《诗经》中植物的图画

在《七月》中，奴隶们血泪斑斑的生活昭然在目；从《伐檀》中，可以感悟到被压迫的人们逐渐觉醒的意识，愤懑的奴隶们，对不劳而获的寄生虫、吸血鬼，以满腔正义提出了大胆的责问；在一些诗篇中，还对劳动者对统治者展开的斗争进行了描述。尤其是《硕鼠》这一篇，特别具有震撼人心的力量：

硕鼠硕鼠，无食我麦！三岁贯女，莫我肯德。逝将去女，适彼乐国。乐国乐国，爰得我直。

除了愤怒和斗争，《诗经》中还有大量描写爱情和婚姻的诗。或歌唱男女相慕之情、相思之意，或赞美对方的风采容貌，或勾画幽会的场景，或有女子的微妙心理的倾诉，或有对弃妇不幸遭遇的嗟叹，内容丰富，情感真挚，可谓《诗经》中艺术成就的高峰之作。

在那个时代，某些地域对男女交往还不如后代那样有着严格的限制，由此读者可在阅读诗篇中欣赏到青年男女自由地幽会和相恋的情景（如《邶风·静女》）；也能对于迷惘感伤、可求而不可得的相恋而感同身受。比如最著名的《秦风·蒹葭》：

蒹葭苍苍，白露为霜。所谓伊人，在水一方。溯洄从之，道阻且长。溯游从之，宛在水中央。

《诗经》是我国第一部诗歌总集，也可以看作继青铜铭文后，我国文学又一个光辉的起点，是我国文学发展很早的标志，而且以其现实主义精神影响着后世，在我国乃至世界文化史上都占有极高的地位。

《楚辞》：从集体创作到个人创作

战国后期，在南方广袤的楚国，以屈原为代表，以宋玉、唐勒、景差等为追随者，创造并兴起了一种与《诗经》不同的新诗体——"楚辞"。

美政难施的一生

屈原，名平，字原，战国末期楚国人，我国杰出的政治家、诗人。屈原从年轻时就因展露出非凡的才华而受到楚怀王的信宠，任为左徒，由此成为楚国内政外交的核心人物。

后来，纵横家张仪由秦至楚，以重金贿赂靳尚、子兰、郑袖等人为其内应，同时以"献商於之地六百里"诱骗怀王，导致齐楚断交。怀王受骗后，怒而两度对秦用兵，但均遭败绩。屈原在此时奉命出使齐国，以使齐楚重修旧好。而张仪再次由秦至楚，极力瓦解齐楚联盟。最后楚国彻底倒向了秦国一方。屈原也被逐出郢都，流徙汉北。

屈原重新回到郢都时，恰逢秦约怀王在武关相会，怀王不听屈原的劝阻前往，结果被秦扣留，客死于秦。顷襄王即位后，继续奉行事秦政策，屈原因忠言犯怒而再次被逐，流放江南，辗转于沅、湘二水之间，但仍难忘家国之情，写下大量怀国忧民的诗篇。

公元前 278 年，秦将白起攻破郢都。屈原眼看救国无望，悲愤交加之中，于农历五月五日自沉于汨罗江。这一天原来是楚地的传统节日，后来人们就把这一天作为纪念屈原的日子。

屈原塑像

6

光照千古的绝唱

屈原的作品,据明确的史书记载,共有 25 篇,包括《离骚》《天问》《九歌》《九章》《远游》《卜居》《渔父》等。其代表作是《离骚》,该篇诗作近2500 字,长达 373 句,堪称中国古代第一抒情长诗,是屈原的理想、遭遇、痛苦、热情的集中体现,闪耀着诗人鲜明的个性光辉。可以说这篇宏伟诗章是屈原用整个生命所熔铸而成,这在中国文学史上,还是第一次出现。

《离骚》的内容可分为两部分:前一部分是诗人回顾往昔,叙述自己的家世和政治理想,慨叹自己虽有一腔的爱国忧民之心,但也由此招来贵族群小的诽谤、围谄,从而遭到妄信谗言的楚王放逐,而祖国陷入"路幽昧以险隘"的岌岌可危的境地,使爱国爱民的屈原深感"民生之多艰",极度痛苦。但他却始终没有妥协,而是满怀愤怒地揭露了腐朽的贵族集团背法妄行,贪婪嫉妒,把祖国引向危亡的罪恶;抒发了永不屈服的斗争精神。

后一部分写屈原探索未来道路的历程。在政治上受到打击、排斥后，他对未来感到彷徨和无助。首先求助于女嬃，她却劝他接受教训，明哲保身，莫再"博謇好修"；随后，屈原又向重华分析了古往今来的史实，拒绝了女嬃的奉劝；于是他上叩帝阍、下求佚女，以求通达天帝，但均终无所遇。接着他又去找神巫灵氛占卜，灵氛劝他去国远游……诗人在矛盾的建议中，通过对国内政情的分析，楚国黑暗无望，的确不能久留于此，于是决定离楚远行。但是，这种想法又与其爱国忧民的衷情相冲突，所以他在远行时，仍关注楚国大地，形象地以"仆夫悲余马怀兮，蜷局顾而不行"否定了去国远游之路；最后他决心"从彭咸之所居"，用死来殉其"美政"的理想。

《离骚》既植根于现实，又富于极其丰富的想象和联想，在艺术的创作上取得了高度成就。诗中大量采用古代神话和传说，通过幻想和铺张描叙，把现实、历史和神话中的人物交织在一起，把天国与人间、现实和幻境、过去和现在熔于一炉，营造出一个瑰丽奇特、绚烂多彩的世界，并结合丰富深刻的思想内容，使它成为中国文学史上光照千古的绝唱。

屈原的另一代表作《天问》也是奇特罕见的古代精品，它一共向苍天提出了172个问题，涉及天文、地理、文学、哲学等许多领域，一连串的疑问，表现出对传统观念的大胆怀疑和对真理的科学探求精神。

屈原是中国历史上第一位伟大的爱国诗人，开创了我国浪漫主义诗歌的源头，由他奠定了"楚辞"这种我国文学史极富特色的文学样式，被誉为"中华诗祖""辞赋之祖"，与《诗经》并称"风骚"，对后世文学产生了深远的影响。屈原的出现，标志着我国的诗歌从集体歌唱进入了个人独创的新时代；也是由他开始，我国才有了以文学闻名于世的作家。

先秦散文大放光彩

《剑桥中国文学史》指出，《尚书》是由各种辞令、历史叙事和宇宙论述汇编而成，它的出现是先秦散文形成的标志。战国是大师辈出的年代，诸子散文抒发着各自的理想抱负，是思想和事典的汇集。

诸子散文的思想精髓

先秦诸子散文的发展主要经历三个阶段：

第一阶段为春秋末战国初，以《论语》《老子》为代表，它们以不成长文的简短语录体或格言体为主要形式。

语录体散文的典范是儒家思想精髓《论语》，它为孔子的弟子及再传弟子追记孔子的言行思想编纂而成，大体分为20篇，498章。《论语》的思想，其中心是做人的道理，也包含了许多有普遍意义的原则。《论语》的风格温文尔雅、言简义赅，往往在一两句话中，却包含着深刻的人生经验和哲理。例如，"岁寒，然后知松柏之后凋也"，既是礼赞松柏这种植物的本性，也是对于人格中坚韧、顽强精神的称颂。

《老子》是道家的经典，又名《道德经》。其行文多用韵语，脍炙人口，语言极为精辟，是至理名言，后变为成语、格言、座右铭。如："天长地久""上善若水""弱之胜强，柔之胜刚"等，句式整齐，大致押韵，读之朗朗上口，易诵易记，在音韵之美中体味深刻的哲理。

老子骑牛雕塑

第二阶段为战国中期，以《孟子》《墨子》《庄子》为代表，它们以富有文学性的对话体为主要形式。其中，《孟子》多带驳论性质，以善辩著称。其见

庄周梦蝶雕塑

识高屋建瓴，词锋锐气逼人，论辩机锋百出，整体喷薄有力，使对方因理屈词穷而无以置辩，因此有"其锋不可犯"之称。

《庄子》是继《老子》之后的道家经典，其文构思奇特，想象丰富，善用寓言，机智幽默，对后世有着广泛而深远的影响。《庄子》虽然也未完全脱离对话论辩的形式，但已向专题论文迈出了关键性的一大步。

第三阶段为战国末期的诸子散文，其中最具代表性的有《荀子》《韩非子》，它们已彻底摒弃了以驳论为主的对话体，转化为逻辑严谨、修辞精致的学者个人的论文集。

其中，《荀子》堪称长篇专题学术论文集的典范。它论点突出，比喻繁富，修辞讲究，表现出高度的语言组织能力和文字驾驭技巧。

《韩非子》中多为长篇议论性文章，立论、驳论交相混杂，多切中要害；语言峻峭挺拔，具有极强的感染力和说服力。

这一时期，诸子著作中比较著名的还有《列子》《孙子》《管子》《吕氏春秋》等，这些散文风格多样，或雄辩锐利、气势磅礴，或奇幻浪漫、幽默机智。诸子散文对我国文学的发展，产生了深远的影响，这是百家争鸣不断深入的结果，也是先秦论说文体成熟的标志。

历史散文的艺术表现

先秦时期的历史散文,是在史官文化的根基上萌生并成长起来的。历史散文的发展,大致可分为三个阶段:

第一阶段以《尚书》《春秋》这两部史书为代表,体现了早期历史散文的特征。

《尚书》是我国第一部历史文献集成,内容上主要记录了殷商、西周时期王公的言辞、政令,是史官文化的代表,被誉为"记言文之祖"。既有较强的史料价值,又有极高的文学价值。

《春秋》是我国古代儒家典籍"六经"之一,相传为孔子所著。《春秋》用于记事的语言极为简练、用字严谨,但措辞隐晦,几乎每个句子都暗含褒贬之意,被后人称为"春秋笔法""微言大义"。

第二阶段以《左传》《国语》为代表,标志着先秦历史散文的发展登上了新的阶梯。

《左传》相传为鲁国史官左丘明所作,是我国第一部编年体史书,叙事详尽完整,具体地展现了春秋时期各国的政治、军事、外交、文化等方面的活动,突现出一种强烈的"民本"思想。《左传》尤其侧重于叙事艺术,擅长描写战争和"行人"辞令,注重文采修辞,并加以合理的铺陈夸饰,创立了历史撰述的优良传统。

第三阶段以国别体史书《战国策》为代表,是战国时代纵横家的言论总集,主要记叙了纵横于各国的谋臣策士们的言行,在语言艺术上达到了又一新的高度。较之《左传》而言,《战国策》更注重故事情节和人物塑造,像"画蛇添足""狐假虎威""南辕北辙"等寓言的运用,无不浅显通俗,巧妙奇警。《战国策》的出现,标志着历史散文达到了成熟的阶段。

先秦散文在我国文学史上具有重要的地位,它构成了我国散文史上的黄金时代,是我国后代"古文"的楷模。

贾谊的西汉鸿文

西汉"文景之治"的前期，贾谊以他敏锐的洞察力，透过表象，看到了西汉王朝潜伏的危机。为了调和各种矛盾，贾谊向汉室提出了不少改革时弊的政治主张，留下了《过秦论》一文。

西汉散文与贾谊

贾谊像

从秦到西汉，是我国古代散文诸体渐趋完备的时期。秦汉时期，中国文学逐渐形成了规模。秦代文学成就甚微，有影响的作家,仅李斯"一人一书"而已。汉兴以后,陆贾、贾谊、刘安诸人总结前代诸子百家之说，其文铺张扬厉，纵横捭阖，犹有战国遗风。董仲舒的策对和刘向的奏议以如何巩固中央集权制为讨论重点，宏博深奥，形成汉代议论文风格。

贾谊，西汉政治家、文学家，洛阳人。18 岁时就以博学能文为郡守吴公推荐，被汉文帝任为博士, 23 岁即升为太中大夫。他为汉文帝提出了许多改革意见，积极主张变法，制定了各种仪式法度。汉文帝欲晋升他为公卿，但却遭到朝中诸老反对，最后贾谊去长沙王处做了有名无实的太傅。后来贾谊又被召回长安任梁怀王太傅。梁怀王骑马时不幸摔死,贾谊因此经常悲泣自责，不到一年便死去，年仅 33 岁。

高瞻远瞩，文采飞扬

贾谊一生写下了一系列政论散文，收录于《新书》的共有 58 篇。这些散文作品大致可分为 3 类：一类是专题政论文，如《过秦论》；一类是针对具体问题写出的疏牍文，如《陈政事疏》；还有一类属于杂论。

贾谊的政论文吸取了先秦诸子中儒道法三家思想，将其"案之当今之务"，具有适应时代需要而"经世致用"的特色，因而针对性很强；同时，他继承了先秦散文"敷张文辞"的创作手法，并且更加疏直激切，将说理与情感、气势、形象相结合，尽所欲言，从而令人为之动容。

贾谊的政论散文说理透辟，逻辑严密，感情充沛，气势非凡，对秦汉之际的历史，以及当代社会的政治、经济、军事、文化诸方面的问题，都提出了尖锐而深刻的看法，为巩固西汉王朝提出了一系列具体的建议。这些文章全面地阐述了深刻的政治思想和高瞻远瞩的治国方略，鲜明地体现了汉初文人在大一统封建帝国创始时期积极用世的人生态度和昂扬向上的精神风貌，标志着中国散文发展的一个新阶段，代表了汉初政论散文的最高成就。

西汉初期的辞赋，延续了屈、宋一体的形式，被称为"骚体赋"，它以抒情浓郁、句尾多缀有"兮""些"等楚地方言调节音韵为特色。

贾谊的《吊屈原赋》和《鸟赋》正是"骚体赋"的代表作。《吊屈原赋》是贾谊去长沙赴任途经湘江时所作，借哀悼屈原的遭遇，抒发出自己同屈原一样的怀才不遇之情，其情感激昂忧愤，艺术风格上近于屈原之《离骚》。《鸟赋》则在感伤自己身世的同时，流露出一种对人生祸福无常、"知命不忧"的感慨。艺术上巧妙运用了人禽问答的方式以及大肆铺陈手法，强烈的抒情色彩喷薄而出。

除此之外，贾谊《新书》中还有一些杂论文章，语言或朴实浅显，或生动形象，叙事说理均有特色。他的文章，洋溢着对国家前途的忧患意识，表现出作为政治家的气魄和历史家的睿智，同时充满热情，富于文采。

汉赋：枚乘与司马相如

在西汉，赋的鼎盛时期，始于公元前141年十七岁的汉武帝即位之后，枚乘的《七发》是南方"大赋"现存最早的代表作。"大赋"是汉赋发展的第一个高峰。

枚乘作《七发》标志汉代散体大赋的正式形成

汉王朝统一强盛的局面，为文学发展提供了新的基础，"罢黜百家，独尊儒术"成为了这一时期文学发展的重要背景。汉代文学形成许多自身的特点，是我国文学自觉的萌动期，并构成中国文学史上重要的一环。其中辞赋是汉代文学的代表，吸引了当时大量的才华之士进行创作。

枚乘的《七发》，是西汉散体大赋的佳作。文中以假设楚太子有病，吴客以七事来启发太子，为其疗疾，借以深刻批判了贵族腐朽奢靡的生活。尤其值得提出的是，《七发》在赋中形成了一种主客问答形式的文体——七体，这对散体大赋的发展产生了深远影响，因此在赋的发展中占有重要的地位。

西汉前期到东汉中期，辞赋产生了分流：一种是"骚体赋"继续发展，代表作为董仲舒的《士不遇赋》、司马迁的《悲士不遇赋》等，但却有着逐渐衰弱的趋势；另一种随着枚乘《七发》的出现，体现出结构宏大，文辞富丽的特色，标志着汉代散体大赋登上文学大舞台。

司马相如展现汉赋文采魅力

在枚乘《七发》问世之后的200年间，汉赋沿着新的倾向，形成了以铺张描写为能事，追求形式华美的趋势。以司马相如、扬雄、班固、东方朔等为代表，共有60多位辞赋家写出900余篇作品，使汉赋发展到了巅峰境界。

司马相如（约公元前179年—公元前117年），原名长卿，因为仰慕战国时代的名相蔺相如而改名；四川成都人（一说蓬州人），汉时文学家。少时好读书、击剑，二十多岁就被汉景帝封为"武骑常侍"，但这并非其初衷，故借病辞官，投奔临邛县令王吉。司马相如擅长鼓琴，其所用琴名为"绿绮"，是传说中最优秀的琴之一。当时临邛县有一富豪卓王孙，其女卓文君容貌秀丽，素爱音乐、善击鼓操琴，兼之颇有文才，但不幸未聘夫死，成望门新寡。

司马相如对才貌双全的卓文君早有耳闻，机会终于来了，有一次他做客卓家，于是借琴音言志，表达了对卓文君的爱慕之情，他弹琴唱道："凤兮凤兮归故乡，游遨四海求其凰，有一艳女在此堂，室迩人遐毒我肠，何由交接为鸳鸯。"在帘后倾听的卓文君闻之怎不怦然心动？随后，与司马相如面谈，卓文君更是一见倾心，于是二人约定——私奔。后人根据他二人的爱情故事，谱得琴曲《凤求凰》流传至今。

文君听琴图

司马相如流传最广的是《子虚赋》《上林赋》两篇文章，这两篇赋虽然并非作于一时一地，但前后相接，内容为汉代帝王的独特生活方式，倾向于推尊天子、贬抑诸侯；但在赋的结尾，又委婉地表达了惩奢劝俭的讽谏之意。因此，司马迁在《史记》中将其视为一篇，称之为《天子游猎赋》。《天子游猎赋》极尽铺排、夸饰之能事，讲究声音美和字形的排列美，足以代表汉代散体大赋的最高成就。这两篇作品对后世影响极大，后世许多描写宫苑、田猎、巡游的大赋都有模仿它们的痕迹。

汉赋产生于战国后期，继承了纵横家游说之辞及楚辞的传统，到了汉代日趋成熟，达到了鼎盛时期，无疑是中国古典文学中一种影响深远的体裁。

《史记》：史家之绝唱，无韵之离骚

《剑桥中国文学史》认为，在西汉，历史的编纂由"诵"转变为"现场创作"，这是历史书写的重大转折。不朽杰作《史记》就产生于这一时期，这是前无古人的篇章，是最长的历史叙事。

知耻奋发的司马迁

司马迁，字子长，西汉夏阳（今陕西韩城南）人，生于史官世家，父亲是太史令司马谈。司马迁幼年好学，10岁被父亲带到京城长安，曾从师于经学大师董仲舒、孔安国。20岁以后开始漫游，到过湖南、江西、浙江、江苏、山东、河南等地，深入考察了这些地方的民风民俗，采集历史传闻逸事。30岁

司马迁像

后入仕任郎中，常随汉武帝到各地巡狩，足迹几遍全国各地。后来继承其父之职任太史令，又博览了朝廷藏书，为以后编写《史记》作好了充分准备。遂于武帝太初元年（公元前104年）开始了《史记》这部不朽巨著的写作。

公元前98年，李陵讨伐匈奴，战败后被迫投降，司马迁因为李陵解释事情原委而触怒汉武帝，被处以宫刑，身体和精神受到致命的打击。3年后被赦出狱，汉武帝任命司马迁为中书令，该职大都由宦官充任。司马迁虽然感到极为耻辱，但为了完成《史记》，他忍悲含泪，5年来一直苦心孤诣，终于完成了这部不朽名著。书成后不久，司马迁去世。许多年后，

反映《史记》中荆
轲刺秦画像砖

他的外孙才将其公诸于世。

正史之典范，史家之绝唱

《史记》是中国历史上第一部纪传体通史，它贯穿古今，从传说中的黄帝到汉武帝后期，跨越 3000 年历史。全书共 52 万余字，130 篇，分为 5 大部分：《本纪》重点叙述历代帝王政迹；《表》以简明的表格形式谱列出错综复杂的史实；《书》叙述天文、历法、水利、经济、文化、艺术等方面的发展和现状；《世家》主要记载诸侯王国之事；《列传》则是官吏、名人以及部分下层社会人物的传记。

《史记》是文学的历史，也是历史的文学，"究天人之际，通古今之变，成一家之言"，它不仅是我国古代 3000 年间的政治、经济、文化等各方面的历史总结，同时形象地展现了广阔的社会生活画面，如《项羽本纪》《廉颇蔺相如列传》等，使用了大量的文学手段，达到了很高的叙事文学艺术成就。其中很多传记，由一系列栩栩如生、富于戏剧性的故事构成。如《廉颇蔺相如列传》，即由"完璧归赵""渑池难秦王"和"将相和"三个故事所构成，充分肯定了蔺相如的"智勇"和他顾全大局、不计私仇的精神；也高度评价了廉颇的战功和作用，以及他勇于认错、负荆请罪的坦荡品格。

同时，《史记》把中国文学对人物形象的塑造艺术，提升到了一个划时代的新高度。书中的人物数量庞大、类型繁多，但由于司马迁善于描写人物的相貌神态，使得人物极具观感；善于在激烈的矛盾冲突和强烈的对比中，通过人物生活细节刻画，表现人物性格，展现其内心世界；运用对话体现人物的生活经历、文化修养、社会地位。

此外，司马迁运用了很多传说性的材料，并在细节上进行虚构，从而使《史记》具有生动逼真的艺术效果，对读者特别有感染力，在中国众多的史籍中特别具有文学魅力。

《史记》的语言艺术代表了骈文出现以前"古文"的最高成就。司马迁大胆抛弃了铺张排比，形成淳朴简洁、通俗流畅的散文风格。根据不同的场景，情绪的差异，语调或急促、或从容，或沉重庄肃、或轻快幽默，具有很强的感染力，历来被人们推崇为典范。

《史记》的诞生，是中国文化史上的一件大事。鲁迅先生说，《史记》是"史家之绝唱，无韵之离骚"（《汉文学史纲要》）。《史记》不仅具有丰富的思想内容，艺术上也有着极深的造诣，在中国史学史和文学史上，都堪称是一座伟大的丰碑。

第二章
东汉至西晋
(25—317 年)

　　东汉时期，文学作品开始流传更广。原因之一，在于书写工具的新发现，即纸张运用得越来越广泛。汉初及以前，文字书写于木片、竹简和丝帛，随着造纸技术的提高，纸成为最经济、最方便的书写媒介，到了公元2世纪，蔡伦显著改进了造纸方式。

　　三国魏正始时期，也是"清淡"的黄金时代，这一特殊的文学话语类型，源于后汉"人物品藻"的实践，是用简洁、玄妙的语言描述一个人的才能和道德品质。虽然和平稳定的时日非常短暂，西晋，有过一段使文学、思想、学术活动非常引人瞩目的时期。

　　——《剑桥中国文学史》

《孔雀东南飞》：中国第一部长篇叙事诗

先秦的主要诗歌样式是四言，这种体裁在汉代继续沿用，但已不再居于主导地位。汉代产生了新的诗歌样式——五言诗。这种诗体西汉时期多见于歌谣和乐府诗，文人五言诗在东汉开始大量出现。

具有浓厚生活气息的汉乐府民歌

汉乐府民歌题材广泛，内容丰富。其中有揭露贵族集团的豪奢与残暴、反映劳动人民的贫困与痛苦的，如《相逢行》《妇病行》《东门行》等；也有反映战乱、徭役给人民带来不幸的，如《十五从军征》《战城南》等；还有些诗反映社会动乱导致的灾难的，如《枯鱼过河泣》《乌生》等。

汉乐府民歌多采用叙事的形式，在艺术上具有较强的故事性和人物的鲜明生动特色，如《孔雀东南飞》《木兰诗》。

古代叙事诗的成熟之作

汉乐府诗歌《孔雀东南飞》，是我国文学史上最早出现的一首极为光辉的长篇叙事诗，诗作长达1700余字。它是一曲基于事实而形于吟咏的悲歌。通过对主人公刘兰芝和焦仲卿的婚姻悲剧的描写，有力地揭露了封建礼教的丑恶，热烈歌颂了这一对男女青年为了忠于爱情而宁死不屈、奋力同恶势力作斗争的精神。

《孔雀东南飞》的重大思想价值在于：刘、焦之死，已冲破个别人、个别家庭的狭小范围，揭示出了极其普遍的社会问题。它形象地用刘兰芝、焦仲卿两人殉情而死的家庭悲剧，深刻揭露了封建礼教的恶劣本质，具有重大的典型意义；而热情歌颂刘、焦二人忠于爱情、反抗压迫的勇敢精神，直接寄托了人们对爱情婚姻自由的热烈向往。

《孔雀东南飞》在文学艺术上的最大成就，是通过有个性的人物对话，

《孔雀东南飞》雕塑

塑造出鲜明的人物形象。在贯穿全篇的对话中，刘兰芝对焦仲卿、对焦母、对小姑、对哥哥和母亲讲话时的态度与语气各不相同，从中可以感受到她那勤劳、善良、备受压迫而又富于反抗精神的外柔内刚的个性。而从焦仲卿各种不同场合的话语中，也可以感受到他那忠于爱情、明辨是非但又迫于母亲威逼的忠正而懦弱的性格。

另外，诗中对人物行动刻画简洁明白，突出了鲜明的形象；精练的抒情性穿插，增强了行文的情韵。刘兰芝离开焦家时"鸡鸣外欲曙，新妇起严妆。著我绣夹裙，事事四五通"，写出了她的矛盾心情。焦仲卿送刘兰芝时"下马入车中，低头共耳语"，表现了夫妻的真心相爱；得知刘兰芝即将再婚时"未至二三里，摧藏马悲哀"，渲染出他内心的强烈痛苦。

特别值得注意的是，《孔雀东南飞》善于以环境、景物描写作衬托和渲染，具有浓厚的浪漫主义色彩。比如诗的末段用松柏梧桐交枝接叶，鸳鸯相向、日夕和鸣来象征刘、焦夫妇爱情的不朽，抒发了对叛逆的歌颂，对斗争的鼓舞，对理想的追求，闪现出无比灿烂的理想光辉，使全诗有了质的飞跃。

《孔雀东南飞》塑造人物形象丰富；故事情节完整，矛盾冲突不断；语言通俗化、个性化又神情毕肖，在艺术上标志着中国古代叙事诗已臻成熟。

《古诗十九首》：乐府古诗文人化的标志

《剑桥中国文学史》认为，虽然汉武帝时期设了"乐府"，但产生的诗歌并不多见。到了东汉，乐府诗才繁盛起来，《古诗十九首》代表了文人五言诗的最高成就，预示着一个文学自觉时代即将到来。

《古诗十九首》使乐府诗走向文人化

在汉府民歌基础上成长起来的，是汉代五言诗，其中最著名的是《古诗十九首》。这一组诗代表了汉代文人五言诗的最高成就，同时标志了汉乐府诗从最初的官歌、民歌发展到了文人化的新阶段。《古诗十九首》组诗最早见于《文选》，为南朝梁萧统从传世无名氏《古诗》中选录 19 首编入，编者把这些五言诗汇集起来，列在"杂诗"类之首。

强烈的抒情意味

从《古诗十九首》所表现的情感倾向、所折射的社会生活情状以及它纯熟的艺术技巧来看，它所产生的年代，应在东汉顺帝末到献帝前。这组诗中，充溢着浓烈的感伤情绪，反映了当时的动乱现实；同时诗中呈现出"生命短促、人生无常"的沉重主题。 如：

"人生天地间，忽如远行客。"（《青青陵上柏》） "浩浩阴阳移，年命如朝露。 人生忽如寄，寿无金石固。 万岁更相送，贤圣莫能度。"（《驱车上东门》） "生年不满百，常怀千岁忧。"（《生年不满百》）

同时，《古诗十九首》令人印象深刻的一点，是表现离人相思的作品特别多，包括夫妇之间、恋人之间、朋友之间的相思，以及游子的思乡怀故，这一类作品几乎占了"古诗"的一半以上。其中所写的游子思妇的篇章最为动人。《明月何皎皎》以思妇在闺中望月的情景，表现了她对丈夫的忧愁不安。《行行重行行》表现了妻子对丈夫久久不归的思念之情。《迢迢牵牛星》

借牛郎织女的神话传说,将景、事、情结合起来,表现了人间的离愁别恨。

五言诗发展的基石

以《古诗十九首》为代表的"古诗",历来受到极高的评价。刘勰《文心雕龙》曾说"古诗"是"五言之冠冕";钟嵘《诗品》更称其为"一字千金"。

"古诗"的艺术成就,首先表现在感情的真挚感人。尽管诗歌中时时透露出对于人生的颓丧看法,但对人生的迷惘与痛苦的感受、强烈的生命与个体意识以及抓紧短促人生的欲望,却是朴实情感的真实产物。那种毫无矫饰甚或异常大胆的内心世界刻画,使作品产生了很强的感染力。而且,这些人生问题,后代文人也仍然时时遇到,这就更容易使人产生共鸣。

善于运用比兴手法是"古诗"的又一特点。运用这种手法,映衬烘托,着墨不多而言近意远,语短情长。诗中的语言也是不假雕琢,浅近自然朴素又高度洗练。

《古诗十九首》为五言诗的进一步发展奠定了坚实的基础。它的出现,标志着文人五言诗的成熟。它崭新的诗歌形式及圆熟的艺术技巧,为五言诗的发展奠定了牢固的基石,在中国汉族诗歌发展史上产生了深远的影响。

三曹与七子并世而出

东汉建安时期，文士地位有了提高，文学的意义也得到更高的评价，这促进了文学批评风气的出现，表现了文学的自觉精神。建安文学中，曹操父子三人名声很高，史称"三曹"。同一时期建安七子也并世而出。

"三曹"开创汉魏建安文风

东汉末年，社会动荡不安。沛国谯（今亳州）人曹操组建青州兵，挟天子以令诸侯统一北方，社会有了比较安定的环境。曹操与其子曹丕、曹植皆有高度的文学修养，由于他们的提倡，一度衰微的文学有了新的生机。

曹操是汉末杰出的政治家、军事家和文学家，现存诗歌20余首，散文140余篇。曹操诗歌如《蒿里行》《苦寒行》等，深刻真实地反映了时代的乱离和人民的疾苦，被誉为"汉末实录，真诗史也"。而在其《步出夏门行》《短歌行》等中，则表现出曹操的气度与理想，抒写出自己的雄心壮志。

曹操的诗歌，具有一种慷慨悲凉、古朴刚劲、沉郁雄浑的艺术风格，展现出诗人与王者之气。曹操诗歌源于汉乐府，其诗有四言、五言、杂言，尤其四言诗大放异彩。曹操的散文大多是令、表、书、奏一类，求实致用，不尚文采，具有清俊通脱、简练明快的特点。

《短歌行》是曹操诗歌的代表作之一。此诗作于赤壁之战以后，此役曹操虽遭失败，但他并未灰心，仍要聚贤纳才，实现统一国家的雄心壮志。"譬如朝露，去日苦多"感叹人生的短暂，时光的流逝；"山不厌高，海不厌深""周公吐哺，天下归心"抒写了渴望招纳贤才、统一天下的宏伟抱负。

曹丕是曹操的次子，其诗歌委婉悱恻，多以爱情、伤感为题材。他的《燕歌行（二首）》是现存最早的七言诗；《典论·论文》是中国文学批评史上的重要著作。

曹植在当时极负盛名，他有100多篇诗赋文章流传后世。曹植的诗歌创作分为前、后两期：前期主要表现他的理想和抱负，充满了豪壮的乐观气息

和浪漫的情调,如《白马篇》;同时有的也表现了他作为一位才华横溢的贵公子的生活,如《名都篇》。后期则大多是反映出他的内心痛苦,多发悲愤慷慨、惆怅哀怨之音,著名的有《赠白马王彪》《游仙诗》等。曹植在文、赋的创作上也有很高成就,其代表作《洛神赋》深受当时和后世词家推崇。

顾恺之《洛神赋》图卷(局部)

"建安七子"竞展才华

建安七子,是汉末建安年间七位文学家的合称,他们是孔融、陈琳、王粲、徐干、阮瑀、应玚、刘桢。又因他们同居邺中,多为邺下文人集团的成员,故又称"邺中七子"。

七子中以王粲成就最高,其代表作《七哀诗》最能代表建安文学的精神。该诗真实记录了汉末割据混战给人民带来的悲惨遭遇,表达了对人民的深切同情:"出门无所见,白骨蔽平原。路有饥妇人,抱子弃草间。"

七子中其他六位,孔融以奏议闻名,陈琳、阮瑀则擅长书檄文章。他们还作有数篇乐府诗歌,其中反映离乱的《饮马长城窟行》《驾出北郭门行》都是杰作。刘桢的诗在当时极负盛名,与曹植并称"曹刘",其代表作为《赠从弟》。

建安七子的诗歌以五言为主,在创作上各有特色,但也具有一些共同的风格:内容上深刻地反映时代的乱离,艺术上表现为悲凉慷慨、雄健刚劲。因其创作风格集中体现了建安文学的时代风貌,后人以"建安风骨"誉之。

竹林七贤开一代风气

三国魏正始时期，思想史上出现了"玄学"的本体论哲学，文学上追求"清谈"，这是个"清谈"的黄金时代，这对当时的士风、作家的世界观与创作都有深刻的影响，竹林七贤应时而出。

崇尚自由的文学群体

魏晋之交，世事纷扰，战乱频仍，在此背景下，由此也形成了一股强劲的思想解放浪潮，随之亦产生了一个颇具影响力的文化群体，人称"魏晋名士"。"竹林七贤"则是这个群体中最具代表性的人物。

当时，白鹿山附近的山阳（今河南焦作）是一个风景怡人的地方，山中竹林掩映、四季如画。魏正始末年，有七位名士，即阮籍、嵇康、山涛、向秀、王戎、阮咸、刘伶，他们会聚此地，饮酒作诗、谈玄论道，忘情于山水之间。在文学创作上，以阮籍、嵇康为代表。学界一般认为，正是由于这两位最为杰出的人物的思想盛行于京城洛阳之后，才出现了"竹林七贤"之说。

狂放豪迈的代表人物

阮籍为"建安七子"之一阮瑀次子。他长得仪表堂堂，但又任性不羁，而喜怒不形于色；好诗酒琴棋，爱游山玩水，经常做一些匪夷所思的事。

阮籍崇尚自然，愤恨于当时的政治腐败，更不愿受名教道德礼俗的束缚。他本有济世救民的政治抱负，但当时司马氏专权，剪除异己，阮籍深为世事已不可为而无奈，于是采取远离是非、消极避世、明哲保身的态度，或闭门读书，或寄迹山水，或沉醉不醒，或缄口不言。史载司马昭想与阮籍联姻，他竟大醉60天，事情终究作罢。

阮籍是非常杰出的五言诗大家，其代表作是组诗《咏怀》，共82首。其中有些诗反映了他在恶劣的政治环境中，以醉酒狂态掩盖他无限孤独、痛

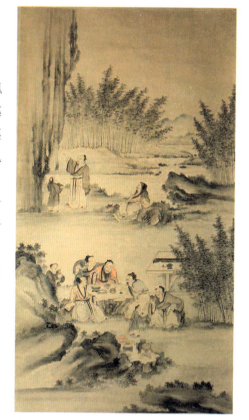

苦忧愤的内心；有些诗借古讽今，寄托了对时政的抨击或感慨，表现了对国事的关切；还有些诗对矫揉造作、虚伪的礼法之士大加嘲讽。总的来说，阮籍的《咏怀》诗以忧郁与个人挫折为主题，具有强烈的抒情色彩。在艺术上多采用比兴、寄托、象征等手法，形成了"悲愤哀怨，隐晦曲折"的诗风。

除诗歌之外，阮籍还长于辞赋和散文。今存散文 9 篇，其中最长最有代表性的是《大人先生传》。

"天生异禀，无师自通"的嵇康是"竹林七贤"中的另一位代表，他生于富裕之家，但却有着倨傲狂放、蔑视权贵的性格。嵇康也和阮籍一样，对社会现实充满了不满；但阮籍选择了消极避祸，言语谨慎，而嵇康则毫不妥协，公开对抗，终究招来杀身之祸。据记载行刑当日，嵇康看看天色，说时间尚早，于是向监斩官要了一张琴，神态自若地弹了一曲《广陵散》。其豪迈狂傲可见一斑。

嵇康现存有诗 60 首，其中数量最多的是四言诗。他的散文以辩论为主，往往带有愤世嫉俗的情绪，但思想新颖，逻辑缜密，笔锋犀利，代表作品是《与山巨源绝交书》。山涛字巨源，他在阮籍入仕后也去做官了，并且在升迁之后，就推荐嵇康来顶替自己的旧职。嵇康自然拒绝了山涛的荐引，并作《与山巨源绝交书》表达了对山巨源的鄙夷，抒发了自己决不对黑暗时局屈节妥协的态度。

《三都赋》令洛阳纸贵

西晋时期，诗歌的地位已经超越了辞赋，成为文学创作最重要的体裁。赋在本时期仍颇兴盛，许多优秀诗人同时也是重要的赋作者，并产生了不少佳篇。《三都赋》就是代表。

寒门才士

西晋时期，我国文风鼎盛，太康年间，出了位很有名的文学家叫左思。左思字太冲，临淄（今山东淄博）人，自幼其貌不扬，但才华出众。272 年，因妹左棻被选入宫，举家迁居洛阳，开始结识京城的一些著名学者。左思曾两次入仕为官，但都为时较短。作校书郎时得以遍观中秘之书，并开始写诗著文。

左思出身寒门，虽有很高的文学才华，却在当时屡不得志，只好在诗中表述自己的抱负、对权贵的蔑视以及歌颂隐士的清高。琴曲有《招隐》《咏史》，是其代表作。

左思为文，辞藻壮丽，他为了写作一篇关于蜀国、吴国、魏国三国都城

左思像

的长篇而殚精竭虑，用了十年工夫才得以完成，命名为《三都赋》。

303 年，左思及家人离开京城，移居冀州，几年后病逝。

一篇《三都赋》，洛阳纸价涨

左思的长篇赋作《三都赋》，在后人为他辑录的文选中几乎占了整整三卷的篇幅。左思认为，此赋既是学术，也是诗歌，他曾为此潜意构思，"门庭藩溷皆

著笔纸，遇得一句，即便疏之。"

但是，左思写成《三都赋》却是历经很多曲折才得到重视的；没有伯乐识才，也许这篇《三都赋》便成为一堆废纸，不得流传。

左思读过东汉班固所作《两都赋》和张衡的《西京赋》，虽然很佩服文中的气魄宏大、文辞华丽，但也看出了其中虚而不实、大而无

唐孙过庭草书《蜀都赋》封面

当的弊病。从此，他决心依据事实和历史的发展，潜心创造，把魏都邺城、蜀都成都、吴都南京都写入赋中。

左思为使得笔笔有着落有根据，在提笔之前，就注意收集大量的历史、地理、物产、风俗人情的资料，做彻底研究，大量的书、资料、堆满了屋子。为此，左思首先撰写了一篇序言。在序中批评司马相如、扬雄、班固、张衡等汉代赋家的夸饰恢张、缺乏真实，而自己作《三都赋》，研究、验证过每一处细节。

之后左思闭门谢客，昼夜冥思苦想，常常许久才推敲出一个满意的句子。左思还常在马上、厕上、榻上置纸笔，若有文思则速记之，后人谓之"三上"。经过十年，这篇凝结着他所有心血的《三都赋》终于完成！

可是，当左思把《三都赋》呈送给别人看时，却遭遇了冷遇甚至讥讽。那些文人们一见作者是籍籍无名之辈，根本没有细看《三都赋》，就摇头摆手，把它说得一无是处。当时著名学者陆机也曾起过写《三都赋》的念头，当他听说一个叫左思的无名小卒写了《三都赋》，就给弟弟陆云写信说："有个狂妄的家伙正在京城写《三都赋》，我看他写成的东西只配给我用来封酒坛子！"

左思不甘心自己的心血遭到埋没，找到了著名文学家张华。张华细问了左思的创作动机和经过，并仔细地阅读了《三都赋》，然后用心体察句子中

的含义和韵味，不禁为文中的句子深深感动了。他越读越爱，竟不忍释手，赞道："文章非常好！那些世俗文人只重名气不重文章，他们的话不足为虑。皇甫谧先生为人正直，我要和他一起把《三都赋》推荐给世人！"

当皇甫谧看过《三都赋》后，也是赞赏不已，并且欣然提笔为之撰写序言。他还请来著名学者、诗人张载为其中的《魏都赋》做了评注；请学者刘逵为《蜀都赋》《吴都赋》各撰了一篇序言及评论。

《三都赋》在名人的推荐下，很快风靡了京都，深谙文学之士无一不对它赞叹感慨。甚至陆机听说后，也细加品读，连声赞好，并断定若自己再写《三都赋》决不会超过左思，便停笔不写了。

很快，《三都赋》就风行一时，豪门贵族竞相抄写，而造成洛阳纸张供不应求，纸价上涨的情形，谓之"洛阳纸贵"。

左思强调征信求实的文学主张，使《三都赋》在一定程度上反映了三国时期的社会生活状况。同时，《三都赋》体制宏大，事类广博，富丽文采与时政相结合，在后期大赋中具有重要地位。

第三章
从东晋到初唐
（317 — 649 年）

在东晋，文学创作主要是贵族阶层的事情，他们在社会生活中有着各种不同的职能，诗歌的创作在不同的场合中进行：在宫廷或私人的宴会上；在出游之际，或者朋友之间相互赠答。尽管五言诗越来越流行，四言诗还是占主要地位的诗歌形式，尤其是在公开场合下。吸引学者坚持四言是典范，这一观点直到公元 5 世纪五言诗牢固地占据了文坛主导的地位后才不再盛行。

——《剑桥中国文学史》

陶渊明是田园诗的开创者

东晋进入了乱世之末，是一个佛教风行、崇尚名士风度的时代，因此，造就出了陶渊明这样超越世俗的田园诗人，读他的田园诗，能使人感到一种来自灵魂深处的自由与舒展。

不为五斗米折腰的陶渊明

陶渊明又名陶潜，被公认为中国传统最伟大的诗人之一。他的曾祖陶侃是东晋的开国元勋，官至大司马；祖父、父亲也都做过太守。但到陶渊明出生时，家道虽已衰落，但仍属于贵族家庭。29岁时，陶渊明开始走上仕途。先后担任过祭酒、刺史僚佐、将军参军等，但没有一任是高官。405年，41岁时出任彭泽令，不久传来了妹妹死于武昌的噩耗；又适逢督邮来县巡视，县吏告诉他"应束带见之"，陶渊明说："我岂能为五斗米，折腰向乡小儿！"当天辞官回家，从此归隐田园。

辞官之后，陶渊明直到去世一直过田园清苦的生活。但是，因为他逐渐摆脱了腐败庸俗的"樊笼"——官场，回到了魂牵梦萦的田园，躬耕陇亩，和父老乡亲共话桑麻，同农民们保持着融洽亲切的关系，因此他"不以躬耕为耻，不以无财为病"，在精神上是怡然自适的。住在乡里这段时期，恰恰成为了他创作的丰收期，写出了大量的田园诗。

陶渊明扶醉图

到了晚年，陶渊明写出了著名的《桃花源记》，自己构建了一个梦想中的桃花源社会。那里没有君主、没有剥削、没有战乱，人们自食其力，和睦相处。这既是出于个人的天性爱好，也反映了广大农民的要求。

田园生活的颂歌

陶渊明虽然不是第一个吟咏隐居生活的中国诗人，却是汉魏南北朝800 年间最杰出的诗人，世存诗 125 首，多为五言诗。从内容上可分为饮酒诗、咏怀诗和田园诗三大类。

陶渊明是中国文学史上第一个大量写饮酒诗的诗人。他的《饮酒》20 首以"醉人"的语态或揭露世俗的腐朽黑暗，或反映仕途的险恶，或表现远离颠倒是非的官场后怡然陶醉的心情。

陶渊明的咏怀诗，以《杂诗》12 首、《读山海经》13 首为代表。《杂诗》多表现了自己政治壮志难展而被迫归隐的苦闷，抒发绝不趋炎附势、同流合污的高洁人格。《读山海经》借吟咏《山海经》中的奇异事物，来表明自己在退隐的表面下，难以掩盖的济世志向。

陶渊明文学创作的主要成就，体现在他的田园诗中，这也是他对我国诗歌创作的最大贡献。这些诗篇，或春游登高，或酌酒读书；或盥洗于檐下，或采菊于东篱；或与朋友谈心，或与家人团聚，无不化为美妙的诗歌。由于他以全部身心热爱着田园之乐，把自己的真切感受注入笔端，所以他的笔下，颂扬着自然与人的和谐。

陶渊明的田园诗最有特点，也最为可贵的部分，在于他是第一位以士大夫身份亲身参加农耕，并用诗写出农耕体验的人。《归园田居》（其三）是这方面的代表作：

种豆南山下，草盛豆苗稀。晨兴理荒秽，带月荷锄归。道狭草木长，夕露沾我衣。 衣沾不足惜，但使愿无违。

这是一个从事躬耕者的切实感受，带月荷锄、夕露沾衣，真景实感生动逼真。而在农耕生活的描写背后，隐然含有农耕与仕途的明显对比，以及对理想人生的追求。

《文心雕龙》：第一部文艺理论巨著

南朝时期，文学创作的繁盛，使文学日益成为一个独立部门，文学观念也日趋明晰。由于形式主义文风盛行，激起了一些进步文人的不满，于是刘勰继承了前人文学批评的成果，创作了《文心雕龙》。

宏大的理论架构

《文心雕龙》是中国南朝文学理论家刘勰创作的一部文学理论专著，全书理论系统、结构严密、论述细致，分上、下两部，共10卷50篇。上部从《原道》至《辨骚》是全书的纲领，要求一切要本之于道，稽诸于圣，宗之于经。从《明诗》到《书记》以"论文序笔"为主旨，对各种文体源流及作家、作品逐一进行论述和评价；下部的两个部分是全书最主要的精华所在。从《神思》到《物色》是创作论，以"剖情析采"为中心，重点研究有关创作过程中各个方面的问题。《时序》《才略》《知音》《程器》则主要是文学史论和批评鉴赏论。

内容丰富，见解卓越

《文心雕龙》内容丰富，见解卓越，全面而系统地论述了写作上的各种问题。尤其值得注意的是，全书论及的文体计有59种，而其中属于应用文范畴的文体竟达44种。当代历史学家范文澜曾评价说："系统地全面地深入地讨论文学，《文心雕龙》实是唯一的一部大著作。"

首先从文学史上，刘勰认为，文学的发展，不可避免地要受时代及社会政治生活的影响。他在《时序》篇中说："文变染乎世情，兴废系乎时序。"并在《时序》《通变》《才略》诸篇里，结合上古至两晋历代政治风尚的变化与时代特色来品评作家作品，探索文学盛衰的缘由。比如建安文学"梗概而多气"乃因"世积乱离，风衰俗怨"而形成；东晋盛行玄言诗，皆因当时社

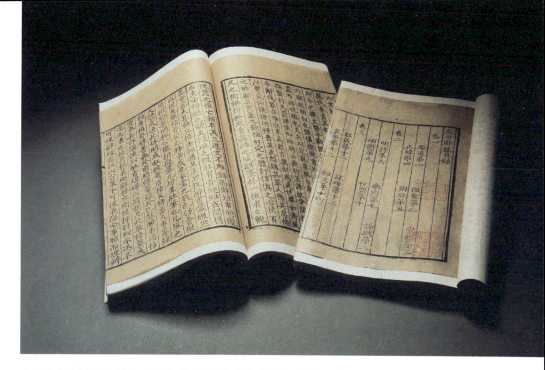

会"贵玄"之风尚所致。同时,他还关注到文学演变的继承关系,并由此反 《文心雕龙》古本
对当时"竞今疏古"的不良倾向,都是难能可贵的。

在文学的内容与形式上,刘勰通过深入分析论述,主张文质并重。在
《风骨》篇里,他提出"风情骨峻"的主张;在《情采》篇里,他强调情文并
茂。但在二者之间,他更强调"风""情"的重要,倡导"为情而造文",坚决
反对片面追求"为文而造情"的形式主义倾向。

刘勰不仅提出问题,还注意从创作的各个环节进行经验教训总结。他
指出,作家在创作上"神与物游"的重要性,强调了"情""景"间的相互影
响和转化。他还指出,作家的不同风格,是由于各人不同的先天的才情、气
质与后天的学识、习染存在着差异。针对当时"驰骛新作"的不良风气,提
出继承文学传统非常必要,并且详细论述"新""故"在文学创作中的关系。
此外,刘勰还对诸如韵律、对偶、用典、比兴、夸张等创造手法的运用,提
出了许多精辟的见解。

刘勰在系统论述了文学的形式和内容、继承和革新的关系,并初步提
出了艺术创作中的形象思维问题之后,提出位体、置辞、通变、奇正、事义、
宫商的"六观"批评方法,从内容与风格、文辞的表达情理、继承与变化、
布局是否严谨、用典是否贴切、音韵声律是否完美上给予分析。

南北朝文学酝酿着新变

这一时期，文人由于政治上的失意，"肆意游遨"，所至"辄为歌咏，以致其意"，山水成为主要的描写对象，于是完成了玄言诗到山水诗的转变。山水诗打破了玄言诗的腐滥，反映了自然美。

南北朝文学萌生新的生机

在中国历史上，南北朝时期是一个南北方不断分裂、融合的时期。与此相应，在文学史上，则是一个酝酿着新变的时期，许多新的文学现象孕育萌生，并逐渐成长，透露出一派勃勃的生机。

南北朝时期，北朝文学相对略显沉寂，但南朝文学却异常繁荣，虽有鉴于士族文人生活圈子狭窄，致使作品生活显得单调，但在艺术形式上，则体现出不懈的追求。此时成就最高的作家有鲍照、谢灵运、谢朓、庾信。尤其"二谢"，既是南朝文学的代表人物，又是山水诗形成时期最为重要的诗人。

"二谢"山水诗传天下

"二谢"又被称为"大谢""小谢"，大谢是指谢灵运，小谢则是指谢朓。"二谢"的成就主要在于山水诗的创作颇丰，并开创一代诗风，对后世产生了极大的影响。

谢灵运，南朝宋时陈郡阳夏人（今河南太康），是东晋名臣谢玄之孙，袭封康乐公；入宋后，被宋帝刘裕降爵为康乐侯，历任永嘉太守、临川内史等职。433年，被文帝刘义隆以"叛逆"罪名杀害。

谢灵运虽极负才华，但仕途坎坷，为了摆脱烦恼，他常常寄迹山水、探奇览胜。谢灵运的诗歌大部分描绘了在永嘉、会稽、彭蠡等地的山水名胜，从不同角度刻画自然景物，给人以美的享受。如写春天"池塘生春草，园柳变鸣禽"（《登池上楼》）；写秋色"野旷沙岸净，天高秋月明"（《初去郡》）；写冬景"明月照积雪，朔风劲且哀"（《岁暮》）等，都是自然清新的佳句。

谢灵运以他的创作极大地丰富和开拓了诗的境界，从而扭转了东晋以来的玄言诗风，使山水诗从玄言诗中独立了出来，从此成为中国诗歌发展史上的一个流派。

谢灵运除诗歌外还有赋 10 余篇，景物刻画颇具匠心，但成就远不及诗歌。

谢灵运画像

谢朓，字玄晖，南朝齐人，祖籍太康。因与谢灵运同族，并以其在我国诗歌发展史上的重要地位而被称为"小谢"。谢朓集谢灵运山水诗之大成，影响了唐代山水诗人王维、孟浩然等人的作品以及唐代诗风。李白称"蓬莱文章建安骨，中间小谢又清发"。

谢朓在创作中，讲究"好诗圆美流转如弹丸"。他还与诗人沈约等共同开创了文体短小、讲究声律和对仗的"永明体"，南朝齐竟陵王萧子良门下有 8 位文学家：萧衍、沈约、谢朓、王融、萧琛、范云、任昉、陆倕，合称"竟陵八友"，他们都是永明体诗歌的作家。

谢朓的一些五言短诗，对唐代的五言绝句影响很大，历代评论家大都认为他的诗已有唐人气息，"永明体"促使诗歌从自由散漫的"古体"走向格律严整的"近体"，从而为唐代格律诗的产生和发展奠定了基础，在诗歌史上起着承前启后的作用和地位。

初唐四杰改革浮艳诗风

初唐四杰冲破齐梁遗风和"上官体"的牢笼,把诗歌从狭隘的宫廷转到了广大的市井,从狭窄的台阁移向了广阔的江山和边塞,开拓了诗歌的题材,丰富了诗歌的内容,赋予了诗歌新的生命力。

"初唐四杰"把文学艺术推向新高峰

源远流长的中国古代文学,到隋唐五代时期,发展到了一个全面繁荣的新阶段,整个文坛出现了战国以来所未有的百花齐放、万紫千红的局面。在唐代 300 年间,文学以及艺术的各个方面,都取得了巨大的成就,把中国文学、艺术推向一个新的高峰,其中诗歌的发展更是达到了高度成熟的黄金时代。

唐初,齐梁的形式主义诗风仍在诗坛占有统治地位的时候,有王勃、骆宾王、杨炯、卢照邻"四杰"挺身而出,站出来反对初唐诗坛风花雪月的宫庭体及上官仪的"上官体"。

元代画家笔下的滕王阁

《滕王阁序》传颂千古

初唐四杰画像

王勃,字子安,今山西河津县人。少年聪慧,14岁即以诗、词出名,是当时人们所公认的"神童",后世誉为初唐时期最为才华出众的年轻诗人。20岁以前,王勃参加科举考试中举,做过几任小官;虽一生仕途坎坷,但著作较多,可惜多已失传。其代表作《滕王阁序》流传千古,其中"落霞与孤鹜齐飞,秋水共长天一色"一联,动静相映,意境浑融,更是千古传诵的名句。

王勃在政治上接连受到打击,意志不免有些消沉,他寄情于山水之间,孤身一人流落异乡,不免产生人生无常、命运多舛的感叹。《滕王阁序》是王勃路过洪州(今南昌)时,为都督阎与屿在九九重阳节宴客时的应酬之作。作为一篇赠序文,借登高之会感怀时事,慨叹身世,是富于时代精神和个人特点的真情流露。但我们在《滕王阁序》中,更多地体验到的,却是作者自强振作的意志和渴望为世的抱负兼有,希望和失望、追求和痛苦交织,这正是文章的动人之处。

当时王勃整篇《滕王阁序》一气呵成,在这篇优秀的骈文中,王勃于精美严整的形式中,表现了大自然风云变幻之趣;尤其是景物描写部分,充分运用了对偶、用典等艺术手段,以或浓或淡、或俯或仰、时远时近、有声有色的画面,把登高所见秋日风光描绘得神采飞动。全篇文笔瑰丽,手法多样,字字玑珠,句句精妙;令人众相争观,交口叹赏。

王勃离开洪州之后,想继续赶往海南与父母团聚,但在渡海时不幸乘船遇到风浪而翻覆,溺死海中,年仅28岁!

才华横溢的其他三杰

"初唐四杰"中的其他三杰，也同王勃一样，均是少年有为且才华横溢。

骆宾王，出生于浙江义乌的贫寒之门，7岁能诗，号称"神童"。其诗文辞采华丽大胆，格律谨严。长篇如《帝京篇》，小诗如《于易水送人》。骆宾王《为徐敬业讨武曌檄》是最能代表时代新风、流传广泛的名作之一。该文气势充沛，情注笔端，其中"一抔之土未干，六尺之孤何托"两句，据说连目空一世的武则天读到时，也不禁矍然为之动容问："谁为之？"有人说是骆宾王，武则天责怪宰相说："宰相安得失此人！"足见骆宾王在政治和文学上的才能。

卢照邻，河北涿县人，从少年时即博通经典，能文善诗，为邓王爱重，比之为司马相如；但后来邓王谋逆，他也受株连入狱，出狱后身染重病，手足残疾，自悲时运，投颍水而死。卢照邻的诗多为忧苦愤激之辞，尤工歌行体的诗歌骈文，不少佳句传颂不绝，如"得成比目何辞死，愿作鸳鸯不羡仙"更被后人誉为经典。

杨炯，华阴人，9岁时就被推举为神童，刚成年就被授予校书郎。恰因年少得志，杨炯为人也恃才傲物，出言无忌，得罪了许多人，被贬到外地做小官。杨炯在诗歌上的特点和他的为人一样，也是锋芒毕露，绝不妥协。现存诗30余首，以五言见长，多边塞征战诗篇，所作如《从军行》《出塞》《战城南》等，气势轩昂，风格豪放，表现了为国立功的战斗精神。

"初唐四杰"是勇于改革浮艳诗风的先驱，在文学史上起到了承前启后、继往开来的作用，由此成为初唐文坛上新旧过渡时期的代表人物。

第四章
文化唐朝
（650 — 1020 年）

在 7 世纪 50 年代，文学几乎完全围绕宫廷展开，而在这一时期结束时，文学已经成为了知识精英的领地，他们虽然可能在政府任职，但是他们的文化生活却主要在宫廷之外。

这种文学活动，在一定层面上独立于政治权威，在此过程中，帮助士族精英确立了一个全新的文化生活领域。文学的文化唐代转型，使这一时期成为中国文学史上的新起点。

——《剑桥中国文学史》

山水田园诗：孟浩然与王维

唐玄宗时期，史称"盛唐"，这个时期文坛发生了巨大的变化，体现在作家身上，京城的王维是一个，外省的孟浩然是一个，他们开拓了盛唐山水田园诗派。

唐诗艺苑中的一枝奇葩

孟浩然像

我国古代的山水田园诗，起自晋宋之间，历代公认陶渊明、谢灵运分别为田园诗与山水诗之祖。盛唐山水田园诗派即与陶谢一脉相承，代表人物是孟浩然、王维，他们将自然山水和田园风光描绘入诗，表现恬淡自然、怡情养性的情趣，抒写乡野生活的闲情逸志，把山水田园的朴素静谧、归真隐逸之美勾画得令人心驰神往，是唐诗艺苑中的一枝奇葩。

孟浩然开盛唐山水田园诗先声

孟浩然，湖北襄阳人。前半生主要居家侍亲读书，曾隐居鹿门山写诗自娱。一段时间后，来到京城长安，他的诗得到了很高的评价，名声一时传遍京师，可惜却始终得不到朝廷重视，孟浩然失意地回到鹿门山，悠游山水间，放达自在、纵情诗酒，于52岁因病去世。

孟浩然的诗歌均为山水田园和隐逸、行旅等内容，虽不无愤世嫉俗之作，但更多属于诗人的自我表现；绝大多数为五言短篇，在艺术上有独特造诣，开盛唐田园山水诗派之先声。

孟浩然善于发现和捕捉自然景物的形象特征和状态，将其对自然的独特的情感体验、审美感受和精神境界融入到景物之中，淡而有味，韵致飘逸,创造出宁静淡泊而又优雅秀美的艺术境界。其代表作有《秋登万山寄张五》《过故人庄》《春晓》等,都是生活气息浓厚,清淡简朴,亲切真实,富有奇妙自得之趣。

"诗佛"王维

王维,字摩诘,太原人。父亲早逝,母亲是虔诚的佛家居士,王维的思想颇受母亲的影响。王维9岁就负有才名,兼通音律。19岁时,他来到京城应试,获举子第一名。21岁被任命为大乐丞,因为伶人舞黄狮子获罪受牵连,被贬为济州司库参军,其间曾一度弃官隐居。后重返长安,被宰相张九龄引荐为右拾遗,后改任监察御史,出使塞上凉州。两年后回京供职于朝廷较长时期。他在郊外的终南山和辋川过着半官半隐的生活,写出了大量的山水田园诗。安禄山叛乱后,王维被迫出任伪职给事中,欲服药逃脱未果。官军收复京城后,他降职为太子中允。此时,王维彻底失去了世事官场之兴,唯以礼佛禅诵为事。

王维的山水田园诗,最大的特点是"诗中有画",诗情画意,情景交融。

《辋川图》,王维作

如《山居秋暝》："空山新雨后，天气晚来秋。明月松间照，清泉石上流。竹喧归浣女，莲动下渔舟。"诗人以画家的匠心勾勒画面，恬美的秋日晚景中点缀着人物活动，异常鲜活生动。同时更把自然形象描写与淡泊悠闲的心境、高远雅洁的志趣巧妙地融合在一起，表现出对自然的热爱和归隐山林的生活乐趣。

王维的山水田园诗，语言清新明快，洁净洗练，是朴素平淡与典雅秀美的完美结合，具有极强的艺术表现力。另外，于幽寂、空灵的艺术境界中，直接渗入了禅宗佛理的观照，是禅意、禅趣在诗境中的艺术体现，因此，王维又被称为"诗佛"。

盛唐边塞诗歌：高适和岑参

盛唐时期，边塞诗出现了一种新活力，文人们多热衷于功名，从军边塞是文人求取功名的一种出路，由此促进了边塞诗歌创作的繁荣。

盛唐兴起边塞诗歌

大唐盛世，国力超前强盛，四处征伐拓展，边境战事频繁。盛唐文人也渴望建立功名，施展自己的才华和抱负，于是从军边塞成为文人求取功名的一条新路。同时，长期生活于内地的他们，也对新奇的边疆生活、边塞风光充满了向往之情。由此促进了边塞诗创作的兴起和繁荣。盛唐边塞诗派的代表人物是高适、岑参，还有王昌龄、李颀、王之涣、崔颢、王翰等众多诗人。

高适和岑参是唐宋以来以"风骨"著称的两位诗人，经常被人们相提并论，主要原因在于他们都曾投身戎马，因此诗风相近，擅长以古诗尤其是七古的形式来写边塞题材，而且诗中充溢着激切不平之气。不过，这两位诗人又各自为盛唐诗坛作出了不同的贡献。

高适赴边塞雕塑

高适抒发男儿壮志

高适，河北沧县人。20 岁曾到长安，原想凭借文才谋得官职，谁知仕途不尽如他意，于是北上漫游燕赵之地。适逢燕山一带北部游牧民族侵犯唐朝境地，高适主动参军加入战斗，欲以战功求得显贵，但又不能得遂所愿，只得抱恨而归。此后十几年，他在梁宋一带过着"混迹渔樵"的流浪生活。

将近 50 岁时，高适才做了一个小官。他耻于"拜迎长官""鞭挞黎庶"，于是弃官客居河西，任河西节度使哥舒翰幕僚。"安史之乱"爆发后，高适佐守潼关。由于奸相杨国忠等贻误战机，以致潼关失守，长安城破，玄宗出走西蜀。高适择小路赶到玄宗身边，面陈潼关失守的经过和原因。玄宗赞其忠义，由此得到玄宗、肃宗的重视，连续升迁，官至淮南、剑南西川节度使，最后在散骑常侍任上死于长安。

高适一生漂泊，从军征杀，对边塞风光和军旅生活有着深切的感受。因此他的诗歌，常描绘壮丽的边塞风光，或反映征人思乡、思妇，以及士卒驰驱沙场的艰苦、牺牲等，诗句慷慨豪放，悲壮苍凉；笔力矫健顿挫，气势奔放畅达，境界阔大，形象鲜明，抒发歌颂了战士忘我杀敌的爱国精神，给人以男儿立功和积极奋进的感受。他的边塞诗代表作是《燕歌行》。

岑参描绘边疆风光

岑参，出生于南阳的官僚家庭，10 岁时父亲去世，家境日趋困顿。岑参刻苦攻读，遍览经史。20 岁至长安以才求官未果，于是漫游东西二京，踏遍河朔之地。10 年后进士及第，初任兵曹参军，后任安西四镇节度使高仙芝幕府书记。初次随军出塞，欲以战绩求取功名，但未遂愿。回到长安不久，又担任安西北庭节度使封常清判官，再次出塞，边塞诗名作大多成于此时。"安史之乱"后，经杜甫等推荐担任右补阙、起居舍人；但一个月内连遭贬官、罢官，最后客死成都旅舍。

岑参的边塞诗，主要是歌颂将士的爱国精神，抒发报国立功的志向，记叙军旅生活的种种感受。还有的描绘了边疆地区奇异壮丽的自然风光和将士们的生活风貌，也有的表现了塞外风土人情和各民族之间的文化交流。代表作有《白雪歌送武判官归京》等。

岑参与高适的边塞诗歌风格接近，都有豪迈悲壮的色彩。但高适的诗比较质朴，而且善于抒写主观感受；岑参的诗则活泼奔放、雄奇瑰丽、飘逸峭拔，善于写物图貌，以物象传情。

天才的诗人李白

在唐朝，由于经济的空前繁荣，社会风气十分开放，人们思想非常活跃，促进了文学的空前繁荣，诗歌创作异常繁盛，达到了顶峰，涌现出了许多杰出诗人，李白是其中的佼佼者。

壮志难酬的一生

李白，字太白，自号"青莲居士"，祖籍今甘肃省天水市，出生于今吉尔吉斯斯坦的托克马克。约5岁时，随父亲迁居四川江油青莲镇。"青莲居士"即由此而来。

李白少年时代的学习范围很广泛，遍览经史子集，并喜好剑术，还热衷于隐居山林，求仙学道；同时，他又有建功立业的政治抱负。大约25岁时，李白离开家乡，开始四处闯荡，10年间游遍大江南北，黄河两岸，并在湖北安陆与唐高宗时宰相的孙女成亲，之后搬到了今天的山东济宁。

李白像

李白42岁时，被唐玄宗召入长安，封为翰林学士、侍从。李白很想一展雄心，但当时奸臣李林甫专权，结党营私，贤能之士屡遭排挤迫害。李白不愿阿谀奉承，因而遭谗言诋毁，为官不满2年即辞官离京。此后11年内，李白继续漫游于黄河、长江的中下游地区。其间与杜甫在河南洛阳相遇，相谈甚欢，于是二人携手探胜，谈诗论酒，结为莫逆。1年后两人分手，此后未再会面，但彼此都写下了感情深挚的怀念诗篇，成为中国文学史上的佳话。

"安史之乱"爆发后，李白正隐居于宣城、庐山一带。当时，永王李璘为山南东路、岭南、黔中、江南西路四道节度使、江陵大都督。李白怀着清除叛乱、光复国

《太白醉酒图》，清
改琦作

祚的志愿，参加了永王由江陵
挥师东下的幕府工作。不料李
璘违背皇令，想乘机扩张自己
的势力，结果被唐肃宗派兵消
灭。李白也因此被降罪入狱，
后被流放到贵州桐梓一带。途
中遇到朝廷大赦方得以东归，
此时他已经59岁了。

李白晚年流落在江南一
带。62岁时客死当涂。

天降诗仙留佳作

李白是站在盛唐诗坛高
峰之巅的伟大诗人，虽然他的
诗歌散失不少，但迄今留存的
仍有900多首，在中国诗歌的
发展史上有着重要的地位和深远的影响，堪称中国诗坛第一人。

李白的诗文内容丰富多彩。他一生关心国事，既希望为国立功、为民造
福，又不满于当时黑暗腐朽的现实，他的《古风》59首正表现了这个主题思
想，对唐玄宗后期政治的腐败恶劣，进行了无情的揭露批判，反映了贤能之
士没有出路的悲愤心情。

李白的思想，明显地受到道家特别是庄子的影响，他虽追求建功立业，
却并不贪恋荣华富贵，而是以战国时代高士鲁仲连为榜样，打算在建树功
业以后，激流勇退，飘然归隐。

李白的不少诗篇，表现了对人民生活的关心和同情。如《丁都护歌》《秋
浦歌》等诗篇，分别描绘了农民、船夫、矿工的生活，表现了对劳动人民的
关怀，这种内容常常带着对统治者的批判。

李白还有大量描绘自然风景的诗篇。如"蜀道之难，难于上青天"（《蜀
道难》）、"君不见黄河之水天上来，奔流到海不复回"（《将进酒》）、"飞

流直下三千尺，疑是银河落九天"（《望庐山瀑布》）等，形象雄伟，气势磅礴，都是传诵千古的名句。

李白还有很多歌颂爱情和友谊的诗篇。其乐府诗篇，常常从女子相思的角度来表达委婉深挚的爱情；投赠友人的佳篇，如《黄鹤楼送孟浩然之广陵》《沙丘城下寄杜甫》《赠汪伦》等，感情深挚，形象鲜明，具有强烈的艺术感染力。

李白的诗歌，最鲜明的特色是具有"笔落惊风雨，诗成泣鬼神"（杜甫《寄李太白二十韵》）的艺术魅力。同时，他的诗歌绝句多清新隽永、流畅自然，可谓做到了"清水出芙蓉，天然去雕饰"。

李白的诗歌，以对现实生活的深刻体验为基础，在艺术表现上，不管是何种题材，都具有浓厚的主观抒情色彩，侧重于抒发内心的真实感受，因而他的诗歌感情充沛、率真豪放，个性鲜明，充分地表现着生活中诗人的喜怒哀乐、爱憎分明的感情。

李白非常善于运用丰富而奇诡的想象，常将想象与比喻、夸张、象征、拟人等手法相结合，把现实与理想、人间与幻境、自然与人事，巧妙地熔铸成篇，创造出绚丽多姿的艺术形象，借以寄托情感意蕴和精神境界。

李白是继屈原之后，创造了古代积极浪漫又一高峰的诗人，并且开创了以他和杜甫为代表的中国古典诗歌的黄金时代，在文学史上具有崇高的地位。

杜甫忧国忧民

在盛唐时期，与李白齐名的是杜甫，杜甫的诗很多都成为千古绝唱，艺术成就巨大。杜甫的诗中记载着一些个人的细节，而这些细节又与当时的政治事件相交织，所以杜甫的诗在后世赢得了"诗史"的名声。

满腹经纶，时运不济

杜甫画像

杜甫，字子美，712 年出生于河南巩县。童年时因母亲早逝，小杜甫寄居在洛阳姑母家，开始刻苦攻读、习诗，十四五岁时便在洛阳"出游翰墨场"，和当时的文人们有了交往。

19 岁时，杜甫就开始闯荡世界，在外漫游了 4 年后回到家乡，这时的杜甫，已经自诩"读书破万卷，下笔如有神。赋料扬雄敌，诗看子建亲"了。于是他来到东都洛阳参加进士科考试，以实现自己"致君尧舜上，再使风俗淳"的政治理想。但当时正是奸相李林甫掌权，他最忌恨读书人议论朝政，对己不利，于是勾结考官，欺骗玄宗说这次应考的人没有一个够格的。

杜甫年少气盛，并未将这次失利放在心上，次年便又外出游历。29 岁时，杜甫重返洛阳，与司农少卿杨怡的女儿喜结连理。婚后夫妻感情甚笃，杜甫后来辗转漂泊，杨氏一直在他身边陪伴；偶有分离，杜甫便多寄诗作，表达对妻子的思念。

婚后第三年的初夏，杜甫与李白相会于洛阳，二人亲如兄弟，同游王屋山，后又相遇诗人高适，三人一同畅游河南。34 岁时，杜甫结束了自落第以来"快意八九年"的生活，到了京城长安。他在长安待了 10 年之久，才被唐玄宗授予官职，但随即"安史之乱"就爆发了。杜甫一家人，与逃难的百姓

挤在一起，历尽千辛万苦，好不
容易才在一个农村把家安顿下
来。这时，杜甫听到唐肃宗在灵
武即位，就离开家投奔肃宗，不
想中途却被叛军抓到长安，幸好
叛军的头目看他不像什么大官，
第二年就把他放了。

　　杜甫从长安逃出，打听到唐
肃宗已经到凤翔，就赶到凤翔去
见肃宗。此时杜甫身上披的是一
件露出手肘的破大褂，脚上穿的
是一双旧麻鞋。唐肃宗对杜甫的
忠心大加赞赏，授予他左拾遗之
职。唐军收复长安以后，杜甫因
之前宰相房琯被唐肃宗罢官时

《杜甫诗意图》，明
陆治作。表现的是
杜甫诗句"请看石
上藤萝月，已映洲
前芦荻花"

极力诤谏，肃宗便把他派到华州(今陕西华县)做了管理祭祀、学校工作的
小官，杜甫倍感失意，47岁时弃官来到秦州。

　　759年关中大旱，杜甫只得带全家流亡到成都，依靠朋友严武等人的帮
助，在成都西郊的浣花溪边建了一座草堂，世称"杜甫草堂"。隐居将近4
年后，经严武推荐出任剑南节度参谋检校工部员外郎，所以又被人称为"杜
工部"。765年严武去世，杜甫在成都失去依靠，只得带全家人再向东流亡。
770年，杜甫在由潭州往岳阳的一条小船上去世，时年59岁。

忧国忧民的诗作

　　杜甫一生诗作甚丰，流传下来的有1400余首，编为《杜工部集》。文学
艺术上的巨大成就，尽管并未使杜甫获得富贵名利，却赢得"诗史""诗
圣"的美誉。他的诗，思想的核心是忧国忧民，内容真实反映了当时社会政
治的重大事件以及唐王朝由盛转衰的过程，大都毫不留情地揭露了当时
社会的黑暗，"朱门酒肉臭，路有冻死骨"等诗句，千百年来深深刻在中国

人的心中。

　　杜甫诗歌，在揭露统治阶层的腐败、贫富间的对立，表现民生疾苦方面，达到前所未有的广度和深度，有强烈的社会现实意义。如《兵车行》反映了天宝年间当权者穷兵黩武连年征战，给百姓带来深重的灾难；《丽人行》揭露并嘲讽了杨国忠兄妹的荒淫奢侈、骄纵跋扈的丑态；著名组诗"三吏""三别"，真切反映了由于唐王朝大肆抽丁抓夫给百姓带来的深重灾难，表现了作者对下层人民的深刻同情；五言律诗《春望》，抒发了关心国家命运、忧国忧民的思想感情；另外一首《闻官军收河南河北》表现了作者听到官军收复河南、河北，大乱将平消息后的欣喜若狂，表达出渴望祖国复兴统一的强烈爱国感情及对和平生活的渴望，被称为"生平第一快诗"。

　　杜甫善于观察生活，提取现实中的典型素材，运用真实细腻、精确传神的细节描写来细致地表现现实生活。同时，杜甫善于在客观现实生活的描写中渗入自己的主观情感与思想倾向，将叙述、描写和议论、抒情融为一体，用高度概括的艺术手法反映出内涵的本质。

　　杜甫诗歌的语言精练而又丰富多彩，而他用字的精工凝练，更是"语不惊人死不休"。杜甫十分注意锤炼字句，增强了诗歌语言的内涵和表现力，因此他的诗歌风格以沉郁顿挫、慷慨悲凉为主，兼有清新俊逸、自然平和、婉转流丽等多样风格。

白居易创作《琵琶行》

815年，白居易无辜被贬为江州司马，一天晚上，他在九江的湓浦口遇到一位老年琵琶女，琵琶女的遭遇，引起他的共鸣，由此写下叙事长诗《琵琶行》。

从居易长安到香山居士

白居易，字乐天，祖籍山西太原，后迁居陕西渭南。白居易的祖父和父亲做过地方小官，祖母和母亲都识文断字，因此白居易很早就识字习文，五六岁时就开始学写诗，八九岁已懂得声韵。

后来，白居易随父亲迁官而至徐州。但这一带正发生叛乱，父母就将白居易送到相对安定的浙江，借居亲友家躲避战乱。亲友家比较穷困，白居易亲身感受到借米下锅、讨衣御寒、漂泊不定的生活，使他对真实的社会生活和人民的困苦有了深刻的认识。

十五六岁时，白居易来到京城长安。得知有位很有名的文学家顾况，于是他就带了自己的诗稿到顾况家去请教。两人见面之后，顾况瞅了瞅他，又看了看名帖上"居易"两字，便皱起眉头打趣说："近来长安米价高涨，只怕很不容易居住呢！"白居易听了也不在意，仍恭敬肃立着，请求顾况对其诗指教一二。顾况随手拿起诗卷翻看着，突然，他停住了手，双眼注视

白居易像

着诗卷，并轻轻地吟诵起来："离离原上草，一岁一枯荣；野火烧不尽，春风吹又生。"读到这里，顾况脸上显露出兴奋的神色，随即起身，紧握住白居易的手："啊！能够写出这样的好诗，就容易在长安居住了。"

打这以后，顾况逢人就夸这位白姓少年如何诗才非凡，一传十，十传百，白居易就在长安出了名。不到几年，他便考取了进士，被唐宪宗封翰林学士，

寻迁左拾遗。

白居易虽身居官场，却不争名求利，不愿阿谀奉承上级。他仍然继续创作新的诗歌，揭露当时社会上的一些不良现象，并在宪宗面前多次直谏，惹得宪宗很气恼，把他左拾遗的职务撤掉，改派任太子东宫大夫，只是给太子讲道德修养之类的道理，不得干预朝政。

在宰相武元衡被政敌派人暗杀，群臣懦懦不敢开口之际，白居易却愤然而起，首先向宪宗上奏章要求通缉凶手。宦官和官僚把白居易狠狠地告了一状；一向讨厌白居易的官员趁势对其诬陷，他最终被流放为江州（今江西九江）司马。

之后，白居易虽然几次被调回京城，也任过朝廷大官，但晚唐时期朝廷腐朽不堪，白居易仍难实现自己的政治抱负和理想。晚年，他笃信佛教，和香山寺的和尚过从甚密，并自号为"香山居士"，把全部精力投入到了诗歌创作中。

846 年，白居易于洛阳去世，享年 75 岁。

春江月夜《琵琶行》

白居易是唐代最伟大的诗人之一，与李白、杜甫并称唐代三大诗人；他与元稹共同倡导新乐府运动，世称"元白"，与刘禹锡并称"刘白"。

白居易的诗歌题材广泛，形式多样，语言平易通俗，有"诗魔"和"诗王"之称。代表诗作有《长恨歌》《卖炭翁》《琵琶行》等。其中尤以《琵琶行》流传较广。

815 年，白居易遭诬陷被贬为江州司马，其实这是一个专门安置"犯罪"官员的官职，是变相发配、接受监督。这件事深深刺激了白居易，从此他早期的斗争锐气逐渐消磨，变得郁郁寡欢。有一天晚上，他在九江的湓浦口送客人，听到江上传来一个漂泊江湖的老年歌女哀怨的琵琶声。白居易见了那歌女，又听她诉说可悲身世，十分同情；再联想到自己的遭遇，不由同病相怜，于是写下了著名的叙事长诗《琵琶行》。

《琵琶行》中虽有较浓重的感伤意味，但更重要的在于其现实意义。诗人一方面表达了对"门前冷落车马稀，老大嫁作商人妇"的琵琶女的悲惨身世的同情，同时也寄托了对自己遭贬的忧郁心情。

"同是天涯沦落人，相逢何必曾相识"这流传千年的佳句，将琵琶女的命运与自己的遭遇联系在一起，不由引起人们满腔愤懑之情。

同时，《琵琶行》这首诗叙述得层次分明，描写得细致生动，比喻得新颖精妙，被历代文人所称颂。如《琵琶行》中"枫叶荻花秋瑟瑟""别时茫茫江浸月"，或以瑟瑟作响的枫叶、荻花和茫茫江月构成哀凉孤寂的画面，或将凄冷的月色、淅沥的夜雨、断肠的铃声组合成令人销魂的场景，其中透露的凄楚、感伤、怅惘意绪为人物、事件统统染色，使人读来如同亲临此境，心灵摇荡而不能自已，表明白居易在诗歌语言的运用艺术上确实达到了炉火纯青的境地。

《琵琶行诗意图》，张大千作

诗鬼李贺

816年，一颗唐代诗坛上闪着奇光异彩的新星过早地陨落了，他就是诗鬼李贺，时年27岁。他为我们留下了想象诡谲、象征奇特的辉煌诗篇，在大唐诗坛独树一帜。

英年早逝的诗坛新星

李贺，字长吉，唐代福昌（今河南宜阳）人，是唐宗室郑王李亮后裔，自称"唐诸王孙"。李贺才思聪颖，7岁能诗，又擅长"疾书"。相传李贺7岁时，正值韩愈、皇甫湜造访，李贺援笔写就《高轩过》一诗，韩愈与皇甫湜大吃一惊。15岁时，李贺就已经誉满京华。20岁那年，李贺到京城长安参加进士考试，但妒者放出流言，说他父名"晋肃"，与"进士"同音，冒犯父名，因此取消了他的考试资格。后由于他的名气甚高，又得韩愈推荐，在京城担任了一名奉礼郎的卑微小官。在这段时间内，李贺的诗才广受称誉，王孙公子们争相邀请他参加宴会，作诗助兴，但这仍没有助他仕途得志。胸怀大志又性情傲岸的李贺感到十分屈辱，就称病辞官，回故乡福昌隐居，从此把全部的心血都倾注在诗歌创作上。

长期的抑郁感伤，焦思苦吟的生活方式，贫寒家境的困扰，使得李贺这颗唐代诗坛上闪着奇光异彩的新星，在816年仅27岁时就过早地陨落了。

"诗鬼"佳作

在古今诗坛上，李贺算是不幸的人，他猎功名如探囊取物，而徒望进士门槛兴叹；但对世人而言，却又是幸运的，因为他留下了宏伟的诗篇。他的许多诗作想象极为丰富，继承了楚辞和李白诗歌的浪漫艺术，也受到乐府民歌的影响，又经常应用神话传说来托古寓今，开创了一片神奇怪异的艺术境地，所以后人常称他为"鬼才"，创作的诗文为"鬼仙之辞"。

李贺今存诗 200 余首，皆呕心而作。诗中最重要的内容，是诗里表现出一种深沉的生命意识，从个人命运出发，思考人的命运、生死等人生最基本也是最重要的问题。有时，他甚至把解脱痛苦的希望寄托在虚无缥缈的神鬼世界，用各种形式来抒发、表现人生的追求和内心的苦闷，如《梦天》《秋来》等。

李贺画像

李贺诗歌最显著的艺术特征是幽峭冷艳、奇诡怪诞，以奇特的想象，创造出美妙的神仙世界、恐怖的鬼怪等许多荒诞怪异的意象，在光怪陆离的艺术境界，表达着他的精神世界。

李贺的诗歌在构思与结构上也极具特色，其诗以超凡的想象和联想，突破现实的逻辑性，使时空的转移、意象的组合及章法的变换，都达到变幻莫测的艺术效果。如《金铜仙人辞汉歌》中，李贺借金铜仙人迁离长安的历史故事，将铜人辞别汉宫时的悲伤情景想象得极为逼真，将凄凉气氛融入新奇浪漫之中，设想奇伟；抒发了他对汉魏兴替的感喟，并融注了对社会现实和身世浮沉的慨叹。"天若有情天亦老"一句，更成为千古传诵的名句。

李贺诗歌的语言艺术也有很高的成就。他十分注重词汇的物象色彩和感情色彩的使用，体现着他怪诞的审美取向和力求奇峭的艺术追求；还善于运用比喻、渲染、夸张、象征、拟人等手法，大大提升了诗歌语言的艺术感染力，在大唐诗坛独树一帜。

孟郊与贾岛

在晚唐的社会与文学的大背景下，有相当一部分诗人，以苦吟的态度作着"清新奇僻"的诗，代表人物是贾岛和孟郊。元好问《放言》诗曰："长沙一湘累，郊岛两诗囚。"孟郊、贾岛因此又被称作"诗囚"。

晚唐两"诗囚"

晚唐时期，中国的诗歌已经度过了盛唐的雄健壮丽，达到相当成熟的阶段，而且由于当时的社会现实和文学背景，转而走向哀婉凄艳。其中有相当一部分诗人，专以苦吟的态度追求诗意的"清新奇僻"，代表人物是贾岛和孟郊。历代评论家说到唐诗及诗人，都将两人并称，标准各异，或身世职业，或交往友情，或其诗的题材、风格等，不一而足，如：李（白）杜（甫）、小李（商隐）杜（牧）、王（维）孟（浩然）、高（适）岑（参）、元（稹）白（居易）、韩（愈）孟（郊）云云。而孟郊、贾岛作诗，因刻意于锤炼字句，具有清奇苦僻的特色，所以也被作为唯一一对晚唐苦吟诗人而并入语典之中，苏轼有所谓"郊寒岛瘦"之论，并被元好问称为"长沙一湘累，郊岛两诗囚。"

孟 郊

孟郊，字东野，祖籍平昌（今山东德州临邑县）。孟郊家境贫寒，两试进士不第，46岁时才中进士，曾任溧阳县尉；由于不能舒展他的抱负，于是放迹于林泉之间，徘徊赋诗。因此，孟郊的诗歌，多是抨击世道的昏暗、抒写自己的贫寒与愤懑；另有些诗歌则反映普通百姓的生活，对底层人民的贫苦充满了同情；此外，还有一些表达亲情的诗歌，如《游子吟》。

孟郊的诗风有奇崛险怪的风格，与韩愈比较接近，但在气度和才华上又略逊于韩愈，加之仕途运乖和家境贫寒，创作心态也不相同，所以他的诗歌在奇崛险怪之中带有幽僻清寒、凄凉苦涩的情调。300年后的苏轼评价

《贾舍人驴背敲诗图》，清任颐作

其诗风"郊寒岛瘦""思苦奇涩"。

孟郊的诗感情真挚，苏轼《读孟郊诗二首》中说他"诗从肺腑出，出辄愁肺腑"。他的诗歌创作以苦吟著称，非常注重字句的锤炼和构思的新奇，言辞洗练精警，意境清幽峭拔。其诗善于写景，但多是借景抒情，景物带着浓重的感情色彩，以寒景冷物表达愁苦凄凉的心境，《秋怀十五首》是这类诗歌的代表作品。

孟郊也有些诗歌写得浅易自然，如《游子吟》等，抒发出朴素真淳的骨肉亲情，并且偶有轻快明丽之作，如《登科后》中有"春风得意马蹄疾，一日看尽长安花"，而这两首也恰是孟郊流传最为广泛的作品。

贾 岛

贾岛，字阆仙，唐河北道幽州范阳县（今河北省涿州市）人。30岁前曾数次应举，都不得志。失意之余，又迫于生计，被迫隐身寺庙。据说贾岛在长安的时候，因对当时禁止和尚午后外出作诗发牢骚而被韩愈发现其才华，并留下"推敲"的典故。后被韩愈推荐入朝，但由于不事趋附而遭排挤，贬做长江主簿。唐武宗初改任司户，未任病逝。

贾岛与孟郊同以苦吟著名，二人诗多愁苦凄清、孤郁悲凉之境。这与他出身平民，屡试不第，性格压抑、内向有关。

贾岛作诗多不虑及构思的完整，而专注于铸字炼句，故贾诗多有佳句而少见佳篇。如《暮过山村》一首中"怪禽啼旷野，落日恐行人"两句，写羁旅愁思，世路维艰，见于言外。也有豪壮之作，如《剑客》："十年磨一剑，霜刃未曾试。今日把示君，谁为不平事？"《寻隐者不遇》一诗则宛若云行山间，是其中的佳作。

晚唐的小李杜

自从孟郊、李贺、柳宗元、韩愈等这批中唐诗人相继去世以后，唐代诗坛上的那种活泼与锐气的诗风也逐渐消失。直到杜牧、李商隐等青年诗人的崛起，才使晚唐诗风摆脱一种没落的风气，重新出现生机。

"小李杜"的崛起

"小李杜"指晚唐诗人李商隐和杜牧。为了区别于盛唐的李白、杜甫两位并称的伟大诗人，于是冠以"大""小"。

自李贺、孟郊、韩愈、柳宗元等这批中唐诗人相继成为过去，唐代诗坛上逐渐消失了那种活泼与锐气的诗风。直到以"小李杜"——杜牧、李商隐为代表的诗坛后起之秀崛起，才使陷于没落之风的晚唐诗重新出现生机。杜牧、李商隐都是晚唐诗坛上成就最高的诗人，其诗名大致相当，但实际上两人的诗歌风格并不一致。

杜牧画像

杜牧像

杜牧十年一觉扬州梦

杜牧，字牧之，京兆万年（今陕西西安）人。祖父杜佑曾任宰相，因此杜牧也继承了祖父经邦济世的精神，好谈政论兵。他26岁中进士，在地方做了10年的节度使府幕僚。由于刚直敢言，受牛、李党争影响，入朝后不久又被外放为黄州、湖州等地刺史，官终中书舍人。

杜牧在政治上不得志，激愤之下便纵情诗酒，放荡形骸。今存诗500多首，在艺术上各体皆工，七绝尤佳，有不少为人传诵的名篇。因"十年一觉扬州梦，赢得青楼薄幸名"一句而留给世人轻薄浪子的形象。

其实这并非杜牧的全部，他的多数诗中呈现出一个显著特色，那就是深沉的历史感。杜牧的政治诗多揭露时弊和表达他对现实的关切，艺术上也有创新。一部分采用传统手法，借古喻今；另一部分以诗论史，具有史论色彩，分别以《过华清宫》和《赤壁》为代表。

杜牧的写景抒情诗也取得很高成就，他善于用凝练的语言勾勒鲜明的景象，将悠远的情思寄托其中。如《泊秦淮》以迷茫朦胧的江边月色和柔曼颓靡的流行曲调，构成一幅色彩凄凉暗淡、人物醉生梦死的世情生活图画，而这一切又从主人公的视听感觉发出，清醒与麻木、历史与现实对照映射，传达出一种浓厚的忧世伤时的感伤情怀。

李商隐创造诗歌朦胧之美

李商隐，字义山，唐怀州河内（今河南省沁阳县）人。初为牛党令孤楚赏识，被为巡官。后中进士，调弘农尉。李党王茂元爱其才，将女儿嫁与李商隐为妻。这被牛党视为背主忘恩，从此处在党争的旋涡里，一生郁郁不得志，最后在郑州抑郁而死。

李商隐现存诗歌约 600 首，其中最有成就的是他的咏史诗。这类诗多对前朝或本朝君王的荒淫误国进行无情地揭露和讽刺，或借咏史寄托自己怀才不遇的感慨。李商隐的咏史诗多用律绝，截取历史上特定场景加以铺染，具有词简意深、见微知著的艺术效果，名作如《隋宫二首》《南朝》。

李商隐的抒情诗感情深挚细腻，较少直抒胸臆，而特别致力于婉曲见意，如"夕阳无限好，只是近黄昏"，寄兴深微，余味无穷。

李商隐还独创出"无题"这一诗体，这类诗并非作于一时一地，亦无统一思想贯穿，多属于诗中之意不便明言或意绪复杂无以冠名的情况，因而统名为"无题"。这类诗大多以男女爱情相思、托喻朋友交往或身世感慨为题材，情思婉转沉挚，辞藻典雅清丽。

李商隐诗歌具有独特的文学艺术风格，以骈文为诗，辞采华丽，音韵铿锵，大量运用比兴手法与典故相结合，"深情绵邈""沉博绝丽"，以意境的深细婉曲和词采的典丽精工创造了诗歌朦胧美的境界，对古典诗歌的发展作出了重要贡献。

韩愈发起古文运动

韩愈大力反对浮华的骈俪文，提倡作古文，一时从者甚众。后又得柳宗元大力支持，古文创作业绩大增，成为文坛的主要风尚。韩愈以卓越的理论和创作实践，为古典散文的艺术生命注入了新鲜血液。

一生坎坷多艰

韩愈，字退之，河南孟州人，是北魏贵族后裔，因自称"郡望昌黎"，世称"韩昌黎"；晚年任吏部侍郎，又称韩吏部；又因谥号"文"，称之为韩文公。唐代杰出的文学家、思想家、哲学家、政治家。

韩愈的父亲曾为小官僚；3岁丧父后，他随兄韩会贬官到广东。兄死后，随嫂郑氏辗转迁居宣城。7岁读书，13岁能文，25岁时登进士第，两任节度推官，累官监察御史，后因论事而被贬阳山。唐宪宗时曾任国子博士、史馆修撰、中书舍人等职。817年出任宰相裴度的行军司马，参与讨平"淮西之乱"。后来因谏阻宪宗奉迎佛骨被贬为潮州刺史。穆宗时历任国子祭酒、兵部侍郎、吏部侍郎、京兆尹兼御史大夫。824年病逝，享年57岁。

文起八代之衰

韩愈一生，在政治、文学方面都有所建树，而以文学成就名传青史。他是唐代古文运动中的主要人物，其赋、诗、论、说、传、记、颂、赞、书、序、哀辞、祭文、碑志、状、表、杂文等各种体裁的作品，都有卓越的成就，尤其在散文方面有着杰出成就，被列为唐宋八大家之首，苏轼称他为"文起八代之衰"。

韩愈对先秦与西汉的文章深入学习，并加以发展创造，主张"文以载道"，用文章表达自己的思想观点，力主反对六朝以来的骈偶文风，而提倡一种散体，并形成了一种锋芒锐利、明快流畅、生动多变、感情浓烈、宏伟奔放的独特风格。

韩愈的散文风格,来自他的人格特征和他的文学主张,浩然正气使其文章理直气壮;不平则鸣的文学主张使其文章情感强烈。

韩愈的散文可分为论说、杂文、传记、抒情四类。论说文多以明儒道反佛教为主要内容,逻辑性强、观点鲜明、锋芒毕露。《师说》《原毁》《争臣记》是代表作,最能体现他的文风。

韩愈的杂文笔锋犀利、形式活泼,《杂说四·马说》充分体现了这一特点。韩愈的传记文继承

韩愈画像

《史记》传统,叙事中刻画人物,夹叙夹议,妥帖巧妙,《张中丞传后叙》是公认的名篇。此外,韩愈的抒情文中的情感真挚,语言精练,《祭十二郎文》历来被誉为"祭文中的千年绝调",把悼亡的悲情和生活琐事的描写融合在一起,写得凄婉动人,催人泪下。

首举古文运动大旗

韩愈不仅在文学创作上建树颇丰,同时还大力反对浮华的骈俪文,提倡作古文,一时从者甚众。后又得柳宗元大力支持,影响更大,古文创作成为文坛的主要风尚,业绩大增,文学史上称其为古文运动。

韩愈的古文理论主要有:

一是认为"文以载道",这里所说的道除了包含有传统儒家所主张外在的道德规范之外,更注重的是个人的内在道德修养。如其名篇《师说》,可以说是韩愈提倡"古文"的一个庄严宣言,文中论述了从师学习的必要性和原则,批判了当时社会上"耻学于师",写文章不重视思想内容,讲求对偶声韵和词句华丽的陋习,表现出非凡的勇气和斗争精神。

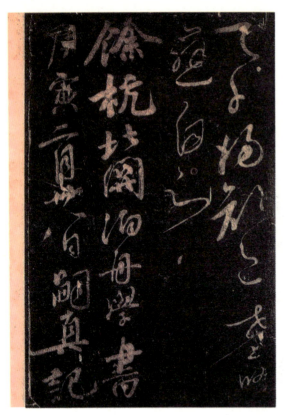

韩愈墨迹

二是在"文以载道"的基础上强调为文的独创性，主要体现在词语、句式、布局这三个方面。如在词语方面提出"词必己出"，具体表现在韩愈吐辞造语之精工，如《进学解》一篇之中就有"业精于勤""贪多务得""含英咀华""同工异曲""动辄得咎""投闲置散"等，都已传为流行的成语；还有一些成语如"提要钩玄""焚膏继晷""啼饥号寒"等，也是从文章中凝缩而来的。

韩愈文学成就和倡导作用，在中国文学史上影响深远，连素不轻易赞许他人的苏轼也在《潮州韩文公庙碑》中誉称韩愈"文起八代之衰"。"八代"指的是东汉、魏、晋、宋、齐、梁、陈、隋，这几个朝代正是骈文由形成到鼎盛的时代；一个"衰"字，表达了唐宋古文家对骈文的贬斥和不满；韩愈倡导的古文运动，提倡"文以载道"，给人以耳目全新的感觉，所以誉为"起"十分恰当。

在唐代，韩愈不是第一个提倡"古文"的人，却是一个集大成者，无论在文学理论还是在创作实践上，都有力地促成了"古文运动"的兴起、发展。

"游记之祖"柳宗元

柳宗元入朝为官后,积极参与王叔文集团政治革新,805年革新失败,他被贬为永州司马。在永州10年间,他写了大量政论、游记、诗赋、寓言,奠定了后人对他的评价:唐宋"古文八大家"之一。

一生遭贬,心系黎民

柳宗元,字子厚,河东(现山西运城永济一带)人,世称"柳河东""河东先生",出身官宦家庭,少有才名,20岁时考中进士,曾任集贤殿正字、蓝田尉、监察御史里行等职。王叔文掌政时采取了一些政治革新措施,柳宗元积极参与并成为核心人物之一,被任命为礼部员外郎。这次革新失败后王叔文被杀,柳宗元则被贬为永州司马。在永州,艰苦的生活环境和悲愤忧郁的精神痛苦,再加上几次"意外"火灾,使柳宗元的健康每况愈下。

10年后,柳宗元复入京城,但政敌仍未放过他,不久又被贬到比永州距京城更远的柳州(治所在今广西柳州市)担任刺史。长期的贬谪生涯,生活上的困顿和精神上的折磨,使柳宗元的身体每况愈下,未老先衰。

819年,柳宗元病死于柳州任所,年仅47岁。临死前,他写信给好友刘禹锡,并将自己的遗稿留交给他。后来刘禹锡编成《河东先生集》。

柳宗元画像

柳宗元浮雕

"游记之祖"

柳宗元只活了不到 50 岁, 他作为政治家的梦想虽然成为泡影, 但在文学史、哲学史上却建树颇丰。其中在永州 10 年, 他写了大量作品: 政论、游记、诗赋、寓言、小说、杂文以及文学理论, 奠定了我们今天对他的评价: 唐宋"古文八大家"之一。并且与韩愈一起倡导"古文运动", 重视文章的内容, 主张"文以载道"; 注重文学的社会功能, 强调文须有益于世。

柳宗元在散文上成就斐然, 他的散文风格自然流畅, 议论文笔锋犀利、逻辑严密, 寓言多用来讽刺时弊, 想象丰富、寓意深刻、言语尖锐, 传记散文多以真人真事为基础, 略带夸张虚构, 《捕蛇者说》《童区寄传》是这类作品的代表作。《捕蛇者说》写于作者在永州任职时, 是柳宗元的散文名篇。文章以叙事为主, 夹杂议论, 描绘精确, 别具风格。

柳宗元散文中最为脍炙人口的, 还要说是他的山水游记, 并且被柳宗元发展成为一种独立的文学体裁。在此之前, 南朝的山水游记多用骈文书信体表现, 而且以表现声色之美为胜; 初唐至盛唐的亭阁山水记则多用于刻石记功,缺乏真情实感,少见真正的山水游记作品。柳宗元观察细腻,一方面,用精准的语言展示了形神兼备的景物图画;另一方面,能将强烈的自我感情融入其中,创造出物我合一、情景交融的艺术效果。

柳宗元山水游记的典范之作有《始得西山宴游记》《钴潭记》《至小丘西小石潭记》《袁家渴记》《小石城山记》等多篇。文中刻画山水景色,或峭拔峻洁,或清邃奇丽,以精巧的语言再现自然美,并借美好景物寄寓自己的幽静心境。

柳宗元对山水游记的发展作出了开创性的巨大贡献,达到了游记文学的高峰,从而也确立了山水散文在文学史上的独立地位。柳宗元也因而被称为"游记之祖"。

温庭筠开创花间派

晚唐时期，时局动荡，五代西蜀苟安，君臣醉生梦死。在这种时局下，晚唐五代诗人的心态，已由济世扶危转为寄思艳情。这就是花间词派形成的深刻社会原因。词派中的花间词派，虽形成于五代，但追本溯源，却起始于晚唐的温庭筠。

以才名世，仕途坎坷

温庭筠，本名歧，字飞卿，唐太原祁（今山西祁县）人，出生于世居太原的没落官僚贵族家庭。唐初时，太原温氏名声显赫，但到温庭筠父亲这一代，家道早已中落衰微。温庭筠少时即以善思敏悟、才华横溢而名闻乡闾间。成年后，他更是博闻强记，通晓音律，善为管弦，尤以诗词文赋见长。但是，温庭筠的仕途却并不如意。从28岁到35岁屡次应试，却均名落孙山，以至于一生都未能得中进士。据说这主要是因为温庭筠相貌丑陋之故，在他多个外号中，最有名的就是"温钟馗"。

温庭筠画像

后来，当朝宰相闻知温庭筠的才名，便选为考功郎中。一次，宰相看到他所作《菩萨蛮》词很好，就假冒自己所作进献给了唐宣宗。温庭筠非常鄙夷这种行为，很快便把此事捅出去，使宰相颜面大失。因此，宰相借故把温庭筠贬为隋县尉。此后又被徐商任为巡官。徐商升为宰相后，任温庭筠为园子助教。这年秋试中，温庭筠竭力推荐的一个考生，其在文章中以激切的言辞揭斥了时政，温庭筠因此被罢官。从此，他落魄江湖，四处流浪，于贫病交加中54岁时客死他乡。

花间词祖，神韵白达

温庭筠是中国文学史上第一个致力于填词的人，其词多以妇女生活为题材，大多是写宫女的宫怨、少妇的闺愁、思妇的青丝、歌伎的生活等。这是因为，温庭筠虽仕途不顺，却又是一位风流才子。据说当他少年时游历至江淮一带，为官员姚勖看重，给了他不少钱，鼓励他发奋上进。但温庭筠钱一到手，全都拿来花在歌楼伎馆上了。姚勖一怒之下，打了温庭筠一顿板子并将其赶走。

温庭筠的词虽境界较窄，格调也不算太高，但他在词作艺术上却有很高的造诣，并且开创了"花间词"一派。他的词总体上看，细腻绵密、委婉含蓄而兼香软浓艳，辞藻华丽，色彩鲜明，善于写景状物和对人物容貌、服饰、情态的描摹，并很少直接抒情，而是往往运用比兴、象征、暗示、烘托等手法，来表现或暗示人物的心境、情思，使艺术表现更加曲婉含蓄。

温庭筠的词现存310余首，代表作有《望江南》二首、《菩萨蛮》14首、《更漏子》6首等。如《望江南》一首："梳洗罢，独倚望江楼。过尽千帆皆不是，斜晖脉脉水悠悠。肠断白蘋洲。"以"脉脉""悠悠"状景切情，尤有神韵。

同时，温庭筠在词境和词艺的探索上都有重要的贡献，他的词工于韵律，讲究平仄，富于音乐的美感，对五代词及宋词的婉约风格都有很大的影响。词派中的花间词派，虽形成于五代，但追本溯源，却是起始于温庭筠，名极一时的西蜀花间词派就尊温庭筠为鼻祖，并在《花间集》中收入温词多达66首。

"帝王词人" 李煜

北宋文学创作上延续晚唐风,所以《剑桥中国文学史》认为这一时期应分期在唐朝文学的大文化时期,初始南唐后主李煜的文学作品具有代表性,李煜是第一位用"词"这一文学形式抒写个人经历的作家。

多才多艺的皇帝

李煜,字重光,号钟山隐士、钟峰隐者、莲峰居士、钟峰白莲居士,徐州(今江苏徐州)人。他是五代末南唐中主的第六子,史称南唐后主。李煜从小就多才多艺,不仅文章出众,而且书法和绘画也造诣非凡。加上他为人孝顺淳厚,备受南唐朝野拥戴;加之他的 5 个哥哥均早夭,所以李煜就成了皇位的继承人。

李煜还在做吴王时,南唐国势已经衰落,虽与后周隔长江对峙,但面对后周强劲的发展势头,南唐上下只是听天由命,已经无力挽救颓势了。赵匡胤建立北宋后,唐中主迁都南昌,留下太子李煜守在金陵。几个月后,唐中主病逝,25 岁的李煜正式继位。宋太祖充分利用了李煜非常信佛这一点,挑选了一名口齿伶俐、聪明善辩的少年,南渡去见李煜,和他探讨佛法,李煜视其为真佛出世,从此整天念佛,就很少注重朝政和国防了;并且对宋朝逆来顺受,以图苟且偷安。975 年,宋军攻破金陵,李煜被俘押解至宋都开封,被封为"违命侯",但仅 3 年后,就遭下毒而死,年仅 42 岁。

李煜画像

开以词抒情之先河

从政治上说，李煜确实算得上是一个昏君；但从文学上来看，他称得上是一个名副其实的文学家、艺术家。他多才多艺，工书善画，通音晓律，诗文均有一定造诣，尤以词的成就最高。

李煜的词，存世的共有30余首，内容上可以分为前后两期，以他降宋亡国作为界限：前期的词已表现出非凡的才华和出色的技巧，主要反映宫廷生活与男女情爱，也有写离别相思的作品，绮丽柔靡，情景交融；后期则反映亡国之痛，哀婉凄凉，意境深远，极富艺术感染力。

尤其在后期，李煜由皇帝变为囚徒，对往事的追忆，屈辱的幽禁生活，使他的词的成就大大超过了前期。如这一时期的代表作《虞美人·春花秋月何时了》《浪淘沙·帘外雨潺潺》《乌夜啼·无言独上西楼》等，主要抒写自己凭栏远望、梦里重归的情景，表达了对故国往事的无限留恋，抒发了物是人非的感慨，艺术上达到很高的境界。

李煜的词中流露出的都是真情实感，因此具有强烈的抒情性和巨大的艺术感染力。无论是前期宫廷生活，还是后期的亡国经历，都能天然本色，毫不掩饰地呈现于笔下直抒胸臆，倾吐身世家国之感，使词摆脱了之前的词中多数在花间樽前曼声吟唱中所形成以艳情为主、隐而不露的传统风格，成为诗人们可以多方面言怀述志的新诗体，对后来豪放派词有一定影响。尤其是后期的词作，将人生悲剧的感悟和沉痛的情感体验一泻无遗，它深深地触动了人们的心灵。

李煜的词，语言上一洗花间词的浓艳华丽，善于用白描的手法抒写生活感受，用贴切的比喻，将抽象的感情通过具体可感的个性形象反映出来，既不用典，亦不藻饰，给现实生活赋予某种境界，甚至以俚俗口语入词，形成既清新流丽又婉曲深致的艺术特色。

在抒情艺术上，李煜善于运用对比、比喻、象征等修辞手法，以提高抒情的表现力。花间词和南唐词，一般以委婉密丽见长，而李煜则出之以疏宕，如"问君能有几多愁，恰似一江春水向东流"（《虞美人》）写哀愁的深广、无尽无休，"剪不断，理还乱，是离愁。别是一番滋味在心头"（《乌夜啼》）写离愁的纷乱难以排遣。另外如《玉楼春》的豪宕、《浪淘沙》的雄奇

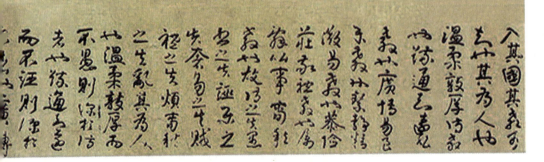

李煜墨迹

幽怨, 均语言朴素生动, 却耐人寻味, 达到直白通俗与形象精练完美统一的境界, 兼有刚柔之美, 在晚唐五代词中别树一帜。

在政治上, 李煜的确是亡国之君, 但是, 他在词创作中突破了晚唐五代词的传统, 占据了开派 "君主" 的地位。一曲 "问君能有几多愁, 恰似一江春水向东流" 的思国之感, 使词由花前月下娱宾遣兴的应歌之具, 发展为歌咏人生的独立抒情文体, 开创了词亦可抒情的先河。

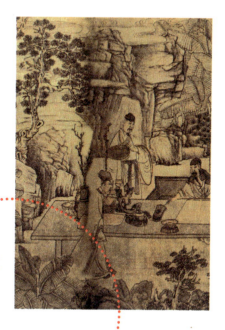

第五章
北　宋
（1020 — 1126 年）

宋代文学，以某种方式延续了已经染有了唐代特色的文学传统，流传下来的文学作品，由受过教育的精英士人创作而成，而且一直使用书面语言一被称为文言文一而不是使用白话，作家多为男性，只有少数几位杰出的女性例外。直到王朝末年，我们才开始看到以白话创作的戏曲、小说的出现，但是数量还是相当有限。

——《剑桥中国文学史》

才子词人柳永

宋立国之初的半个世纪，词并没有随着新王朝的建立而兴盛，基本上是处于停滞状态。40多年间，词作者不过10人，词作仅存33首。直到柳永等词人先后登上词坛，宋词才开始步入迅速发展的轨道。

奉旨填词柳三变

柳永，原名三变，字景庄，后改名柳永，字耆卿，因排行第七，又称柳七。北宋崇安（今福建崇安县）人，出身于儒宦世家。柳永自少时即学习诗词，有功名用世之志。

1002年，柳永离开家乡，流寓辗转于杭州、苏州，出没于秦楼楚馆之间，沉醉于听歌买笑的浪漫生活之中，衣食都由名妓们供给。她们都求他赐一词以抬高身价，他也乐得漫游名妓之家以填词为业。

1008年，柳永进京参加科举，也许是应了"文章憎命达"的条律，他竟然屡试不中。第一次考试没有考上，他毫不在乎，填词道："富贵岂由人，时会高志须酬。"5年后第二次开科又落第，便忍不住写了那首著名的《鹤冲天》，以"白衣卿相"自诩，这首词传到了宫里，宋仁宗一听大为恼火。3年后当柳永好个容易考过了，临到仁宗圈点放榜时，看到柳永的名字便说："且去浅斟低唱，何要浮名？"又把他给勾掉了。遭此沉重打击，柳永索性一头扎到市井之中去写他的歌词，并且不无解嘲地说："我是奉旨填词。"

1034年，柳永以近50岁的暮年及第，历任睦州团练推官、余杭县令、晓峰盐碱、泗州判官等小官，最后以屯田员外郎致仕，从此在润州定居。

1053年，柳永死于名妓赵香香家，享年70岁。

革新宋初词风

柳永博学多才，妙解音律，但由于政治上的抑郁失志，人生的特殊经历，使他这位"怪胆狂情"的浪子，成为致力于词作的"才子词人"。由于柳永对社会生活有相当广泛的接触，都市生活的繁华，妓女们的悲欢、愿望及男女恋情，自己的愤恨与颓放、离情别绪和羁旅行程的感受，便成为其词的重要内容，且能广为流传，有"凡有井水饮处，即能歌柳词"之称。

柳永的创作，吸收了民间乐曲和民间词的精华，以慢词为主。唐五代时期盛行小令词体，慢词仅有 10 余首；宋初时词人仍延旧习，与柳永同时或稍晚的张先、晏殊和欧阳修，3 人共有 30 余首慢词；而柳永是第一个大量创制慢词的人，他一人就创作了 87 首慢词，从根本上改变了唐五代以来词坛上小令一统天下的格局，使慢词与小令能并驾齐驱。

柳永诗意图，清任颐作

在词的表现手法上，柳永以白描见长，善于点染，情景交融，抒情色彩强烈。其代表作《雨霖铃·寒蝉凄切》是颇能代表柳词风格的佳作，把羁旅行役与男女恋情巧妙地结合在一起，感情真切诚挚，情调哀怨伤感。

在语言艺术上，柳永用词浅易自然，充分运用现实生活中的日常口语和俚语，使其词自成一格，广为流传。诸如"我""你""自家""伊家""阿谁""恁""怎""看承""都来""抵死"等，都曾被他反复使用。这些富有表现力的口语，使词不仅读起来生动活泼，而且令人亲切有味。

作为第一位对宋词进行全面革新的大词人，柳永的创作对宋词的发展具有开创性的意义，柳永词在北宋前期具有广泛的社会影响。北宋中后期，苏轼和周邦彦各开一派，而追根溯源，都是从柳永词分化而出的。

欧阳修首倡诗文革新运动

　　1057年2月，欧阳修主持进士考试，他提倡平实文风，把写作浮文的考生一律"刷"掉。录取了苏轼、苏辙、曾巩等人，还扶持了王安石。一时间，品德高尚、才华出众的文学俊杰辈出，掀起诗文革新运动。

博学能文一醉翁

　　欧阳修，字永叔，号醉翁、六一居士，北宋吉州永丰（今江西省吉安市永丰县）人，北宋政治家、文学家。父亲任绵州军事推官，欧阳修出生时，其父56岁；3年后，父亲就去世了，欧阳修与母亲只得到湖北随州去投奔叔叔。在叔叔家，母亲郑氏用荻秆在沙地上教欧阳修写字。欧阳修天资聪颖，又刻苦勤奋，常从城南李家借书抄读，往往不待抄完，已能成诵；一经习作诗赋文章，文笔有如成人般老练，叔叔和母亲都极感欣慰。

　　欧阳修虽博才能文，但他的科举之路可谓坎坷。连续两次参加科举都意外落榜。23岁时，由胥偃保举，欧阳修就试于京城开封最高学府国子监；

欧阳修画像

同年秋天，又参加了国子监的解试，欧阳修在馆试、解试中均获第一名。第二年，在礼部省试中再获第一，成为省元，由此"连中三元"。参加由宋仁宗主持的殿试，欧阳修被位列二甲进士及第。

　　踏上仕途，欧阳修走得并非尽如人意，但也官至翰林学士、枢密副使、参知政事，其间也曾因参与革新被贬为县令、滁州太守，并在滁州写下了著名的《醉翁亭记》，并得"醉翁"之号。

1071 年，欧阳修以太子少师的身份辞职，定居颍州（今安徽阜阳）。次年在家中逝世，享年 66 岁，获赠太子太师，谥号"文忠"，世称欧阳文忠公。累赠太师、楚国公。

文坛领袖，首倡革新

欧阳修在政治上负有盛名，在文学史上更有着重要的地位，与他有关系的作家，都视他为自己的领袖。他一生著述繁富，成绩斐然，曾参与合修《新唐书》，并独撰《新五代史》，又编《集古录》，有《欧阳文忠集》传世。后人将其与韩愈、柳宗元和苏轼合称为"千古文章四大家"；将其与韩愈、柳宗元、苏轼、苏洵、苏辙、王安石、曾巩合称为"唐宋散文八大家"。

苏轼书《醉翁亭记》

欧阳修在散文上有着卓越超群的才华，源于他对文与道的关系持有新的观点。首先，欧阳修认为儒家之道是与现实生活密切相关的。其次，欧阳修文道并重，把文学的艺术形式看得与思想内容同样重要，这无疑大大地提高了文学的地位。

欧阳修重于继承韩愈的文学传统，但他并不盲目崇古，他所取法的是韩愈文从字顺的一面，对韩文中的奇险深奥倾向则弃而不取。同时，欧阳修对骈体文的艺术成就并不一概否定，从而为北宋的诗文革新建立了正确的指导思想，也为宋代古文的发展开辟了广阔的前景。

欧阳修的散文内容充实，形式多样。无论是叙事，还是议论，都是言之有物，有感而发。他的议论文具有积极的实质性内容，是非分明，义正辞严，充满着政治激情，是古文的实际功用和艺术价值有机结合的典范。

欧阳修的记叙文极富内涵，其散文自不必说，即使是亭台记、哀祭文、碑志文等作品，也都具有充实的内容。同时，欧阳修的语言简洁流畅，文气纤徐委婉，创造了一种平易晓畅、别开生面的新风格。例如，《醉翁亭记》的开头一段，语言平白自然，圆融轻快，既简洁凝练又晶莹秀润。这种文风平易近人，自然更容易为读者所接受，所以引领了一派开阔的发展前景。

欧阳修的散文有很强的抒情色彩，哀乐由衷，情文并至。例如，《释秘演诗集序》，寥寥数笔，释秘演、石曼卿两位奇士豪迈磊落的性情已跃然于纸上，而对两人落拓不偶的遭际同情和敬重惋惜也洋溢于字里行间，对时光流逝、人事变迁的感慨引人共鸣。

除了古文之外，欧阳修对前代的骈赋、律赋进行了大胆改造，摆脱了排偶、限韵的两重规定，改以单笔散体作赋，创造了文赋，增强了赋体的抒情意味。如其名作《秋声赋》，选取骈赋、律赋铺陈排比、骈词俪句的形式，又呈现出活泼流动的散体倾向。

欧阳修在创立文赋形式的同时，还大胆改革了诗歌的创作风格，提出了"诗穷而后工"的诗歌理论。欧阳修有两类诗歌作品引人注目，一类是展现田园生活的平静满足，另一类是论述性的长篇古体诗，他往往能把议论与叙事、抒情融为一体，既得韩诗畅尽之致而无枯燥艰涩之失，又取李白之清新流畅与自己的委婉平易相结合，终成流丽婉转的独特风格。

欧阳修的创作，使北宋文坛诗文的体裁更加丰富，功能更加完备，其创作的高度成就与其正确的古文理论相辅相成，从而开创了一代文风。

苏门三父子，都是大文豪

北宋中后期是词篇创作的繁荣期，也是名家辈出的创造期。这期间最重要的词人是苏轼，他的词现存340多首，冲破了专写男女恋情和离愁别绪的狭窄题材，具有广阔的社会内容。苏轼在我国词史上具有特殊地位。

大器晚成苏老泉

北宋中后期，是宋词发展史上多种风格相生并存的繁荣期，也是名家辈出的创造期。其中有苏门三父子，均名列"唐宋八大家"之列，他们是父亲苏洵和他的儿子苏轼、苏辙。

苏洵，字明允，自号老泉，眉州眉山（今四川眉山）人，北宋文学家。苏洵在青少年时期不好读书，却有点像李白和杜甫的任侠与壮游，走了不少地方。母亲病故后，他在25岁时才开始读书，但又不太认真。27岁第一次应乡试举人不幸落第，这使苏洵痛自检讨，愤然将自己的旧稿一把火烧了，取出

《西园雅集图》，明陈洪绶作，表现苏轼等人在西园集会的雅事

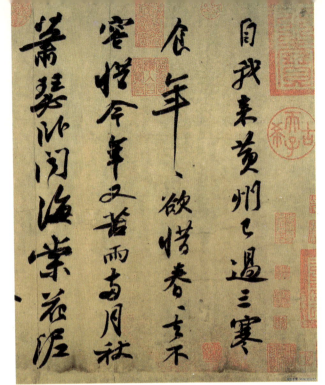

苏轼《寒食贴》
（局部）

《论语》《孟子》和韩愈的文章从头再读，每日端坐在书斋里，六七年间苦读不休，并发誓读书未成熟前，不写任何文章。终于穷究诗书经传、诸子百家之书，贯穿古今，在散文、诗作、谱学方面取得了辉煌的成就。

苏洵曾担任过秘书省校书郎等职，1066年病逝于京师，时年58岁。

苏洵的文学成就，主要体现在散文上。他的散文最突出的特点是论点鲜明，论据有力，语言锋利，具有雄辩的说服力；艺术风格雄奇多变，善于运用生动的比喻或者是借用古今具体史实来阐述抽象的道理；语言精确、凝练，既古朴典雅，又生动形象，妙语连篇，内涵丰富。代表作有《颜书四十韵》《六国论》《管仲论》《辨奸论》等。

苏洵作诗不多，擅写五古，质朴苍劲，代表作有《欧阳永叔白兔》《忆山送人》《颜书》《答二任》《送吴待制中复知潭州二首》等。

苏轼开豪放词派

苏轼，字子瞻，号"东坡居士"。他禀赋异常，天资绝人，在诗歌、词、散文、绘画、书法等方面均有创造性的贡献，是我国文化史上罕见的全才。苏轼幼承家教，深受其父熏陶，"学通经史，属文日数千言"。20岁时，首次赴京参加科举考试。次年又参加了礼部的考试，与弟辙中同榜进士，一时传为佳话。

宋神宗时，苏轼曾先后在凤翔、杭州、密州、徐州、湖州等地任职。哲宗即位后，苏轼被封翰林学士、侍读学士、礼部尚书等职，并出知杭州、颍州、扬州、定州等地。

到了晚年，由于新党把持朝政，苏轼与之政见不合而被贬惠州、儋州。

宋徽宗时获大赦北还，途中于常州病逝，享年66岁。宋高宗时追赠太师，谥号"文忠"。

苏轼在"三苏"中文学成就最高、名声最显，其非凡的成就主要表现在词的创作上。继柳永之后，苏轼对词体又进行了全面的改革，最终突破了词原来专写男女恋情和离愁别绪的狭窄题材，拓宽了报国壮志、农村生活、贬居生涯等几乎凡诗文中能写进的生活内容。同时扫除了晚唐五代以来的传统词风，丰富了词的意境，开创了与婉约派并立的豪放词派，以写诗的豪迈气势和劲拔笔力来写词，格调大都雄健顿挫、激昂跌宕。语言多吸收诗赋词汇，兼采史传、口语，对以前词人风格有所改变；他重视音律，但不拘泥于音律。词发展到苏轼时，它的娱乐功能减弱，而抒情的功能大大加强了，实际上已经成了诗的另一种形式。苏轼的这种创新精神，大大提高了词的文学地位。

苏轼现存词340余首，名作有《念奴娇·赤壁怀古》《水调歌头·明月几时有》等。

苏辙词风淳朴

苏辙，字子由，晚号颖滨遗老。自小与哥哥苏轼一同随父亲苏洵读书习文。1057年，苏辙登进士第，初授试秘书省校书郎、充商州军事推官。神宗时任制置三司条例司属官，因反对王安石变法，出为河南留守推官。哲宗时召为秘书省校书郎，后历任右司谏、御史中丞、尚书右丞、门下侍郎。因上书劝阻起用李清臣而忤逆哲宗，落职知汝州。此后连贬数处。崇宁年间，蔡京当国，再降朝请大夫，遂以太中大夫致仕。

1112年，苏辙去世，享年74岁，追复端明殿学士、宣奉大夫。宋高宗时累赠太师、魏国公，宋孝宗时追谥"文定"。

苏辙在文学创作上，深受其父兄影响，以散文著称，擅长政论和史论，针砭时弊，指陈利害，剖辩明晰，平稳妥帖，反复曲折，穷尽事理，代表作有《新论》《黄州快哉亭记》《巢谷传》《老子解》等。其诗风格淳朴无华，洒脱自然，委婉清丽，平淡悠远，代表作有《墨竹赋》《南斋竹》《秋稼》等。

王安石的"实用"文学主张

王安石反对西昆派靡弱文风，主张以"务为有补于世"的"实用"观点为创作的根本，他的作品多揭露时弊、反映社会矛盾，具有较浓厚的政治色彩。这对扫除宋初风靡一时的浮华余风作出了贡献。

文人丞相

王安石，字介甫，号半山，北宋临川（今江西抚州市临川区）人，著名思想家、政治家、文学家、改革家。王安石自幼聪颖，酷爱读书，过目不忘，下笔成文。稍长，跟随其父临川军判官王益宦游各地，接触现实，体验民间疾苦。后随父入京，以文结识好友曾巩，曾巩向欧阳修推荐其文，大获赞赏。几年后，登杨寘榜进士第四名，授淮南节度判官。任满后自请调为鄞县知县。在任四年，兴修水利、扩办学校，初显政绩，升为舒州通判，勤政爱民，治绩斐然。不久出任常州知州，得与周敦颐相知，声誉日隆。

1069 年，王安石任参知政事，次年拜相，主持变法。因守旧派反对，1074 年被罢相。一年后，宋神宗再次起用，旋又罢相，退居江宁。1086 年，保守派得势，新法皆废，王安石满心忧郁地病逝于钟山，追赠太傅，谥"文"，故世称王文公。

主推实用文学

王安石不仅是一位杰出的政治家，在诗歌、散文、词赋上也都有杰出的成就，被列为"唐宋八大家"之一。特别是王安石推动了北宋中期的诗文革新运动，强调文学的"实用"性，对扫除宋初风靡一时的浮华余风作出了贡献。

王安石对文学实用性的重视，主要表现在他把文学创作和政治活动密切地联系起来，主张文道合一，强调文章的现实功能和社会效果，即文学首要服务于社会。他的散文多针对时政或社会问题，揭露时弊、反映社会矛盾，具有较浓厚的政治色彩，很好地贯彻了他的文学主张。

王安石的论说文，结构谨严，说理透彻，长篇则横铺而不力单，短篇则纡折而不味薄，阐述政治见解与主张，分析深刻，观点鲜明，语言朴素而精练，具有较强的逻辑性和概括性，既为变法产生了巨大的推动力量，也为巩固诗文革新运动的成果起到了积极作用。

王安石画像

王安石的短文直抒胸臆，短小精悍，语言简洁峻切，具有"瘦硬通神"的独特风貌，如不足百字的史论性短文《读孟尝君传》，层次分明，逻辑严密，词锋凌厉，势如破竹，使人不容置辩。另外，他的一部分山水游记散文，将记游与说理相融，语气简洁明快，富有轻松的韵律感。例如，《游褒禅山记》虽是一篇游记，却如议论文，议论精辟，给人以深刻的启示。

王安石在诗歌上也有所成就，内容上和风格上以他第二次罢相为界，可大致分为两个阶段，前后期有较明显的区别。他的前期创作注重社会现实，反映下层人民的痛苦，有十分鲜明的"不平则鸣"倾向，直陈己见，以图实用；他晚年退出政坛后，心绪渐平，主要以写景诗、咏物诗为主，致力于追求诗歌艺术，重炼意和修辞，"穷而后工"，意境深婉不迫、丰神远韵，以含蓄深沉的风格独立于当时诗坛，世称"王荆公体"，代表作有《明妃曲二首》《泊船瓜洲》《胡笳十八拍十八首》《梦中作》等。

王安石的词作多为抒写情志、写物咏怀之作，善于营造一种空阔苍茫的意境和淡远纯朴的形象，抒发出一个士大夫文人的特有情怀。《桂枝香·金陵怀古》一词，豪纵沉郁，开词坛豪放派之先河，表现出文学大家之风范。

黄庭坚开创江西诗派

北宋后期的诗坛，出现了一批追随苏轼的作家，他们诗歌的主张和艺术风格，却与苏轼判然有别，其中黄庭坚成就显著。到了北宋末年南宋初期，在黄庭坚的影响下，形成了所谓的江西诗派。

旷达高洁黄山谷

黄庭坚，字鲁直，号山谷道人，北宋洪州分宁（今江西省修水县）人，著名文学家、书法家。黄庭坚出生于书香世家，他自幼聪颖，开蒙较早，5岁时即熟读五经。15岁父亲去世后，随舅父到淮南游学，结识了一些文人。首次参加省试不中，黄庭坚并未沮丧，依旧饮酒谈笑自如。第二次参加省试高中第一名，被主考李洵称赞"不特此诗文理冠场，他日有诗名满天下"。次年春到京城汴梁参加礼部考试，中三甲进士，从此进入仕途。神宗新旧两党斗争激烈，在这场斗争中，黄庭坚支持旧党，从此一直卷在斗争的旋涡里。

哲宗即位后，黄庭坚被宰相司马光推荐参与主持编写《神宗实录》；书成不久母丧，他依古制居家守孝。蔡京等人上台后，黄庭坚难逃陷害，被诬蔑《神宗实录》中有谤帝之嫌，因此被贬为涪州别驾；后又迁戎州，居住在城南的一处寺庙内。黄庭坚此后不再多作诗文，而是把精力都放在研讨诗歌和书法艺术上。

晚年，黄庭坚的生活极其清贫，政治上再遭政敌迫害，终以莫须有的罪名被贬到宜州。在这里，黄庭坚初租民房，后迁寺，都被官府刁难，被迫栖身于城头的破败戍楼之中。但黄庭坚终日读书赋诗，把酒而歌，处之泰然。宜州人民敬其旷达高洁，纷纷慕名前往求诗求书，并请教文学上的问题，黄庭坚尽量满足来访者的要求。不久病逝于戍楼，终年61岁。

开创江西诗派

活跃在北宋后期文坛的，主要是追随苏轼和受苏轼影响的一些作家，

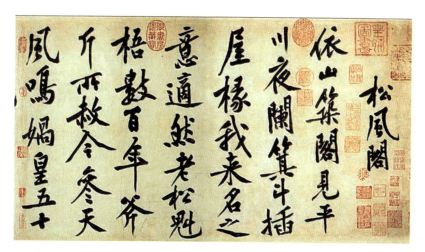

其中有著名的"苏门四学士"和"后四学士"。黄庭坚即为"苏门四学士"之一，但他的创作主张和艺术风格，却又与苏轼判然有别，开创了自成一家的江西诗派。

　　黄庭坚能成为一派祖师，得益于他在创作上有独特之处。他奉行"自作语最难，老杜作诗，退之作文，无一字无来处"，"虽取古人之陈言入于翰墨，如灵丹一粒，点铁成金也"。《冷斋夜话》中曾记载，黄庭坚有"脱胎换骨"之法，后被江西诗派推崇，影响了宋代诗坛。

　　但"脱胎换骨"说未见于黄庭坚的著作中，未必是他诗歌创作的重要主张。黄庭坚有"文章最忌随人后""自成一家始逼真"的名言，他根据自己的创作理念，矢志在诗歌上"独立门户"，在前人的诗意基础上加以变化，其诗内容丰富，风格奇拗。写景、遣怀、赠答、题画等抒情诗，推陈出新，化腐朽为神奇，终于以其独特的诗歌风貌卓然自立。

　　黄庭坚诗独树一帜之个性，还体现在其诗立意深曲，出人意表；结构上章法细密，起结无端；句法精练，下语奇警，往往有"点石化金"之奇效。如"桃李春风一杯酒，江湖夜雨十年灯""鱼游悟世网，鸟语入禅味"等。

　　黄庭坚与苏轼并称"苏黄"，在他的影响下，北宋末年、南宋初期形成了所谓的江西诗派，成为当时诗坛上最重要的现象。黄庭坚由此成为宋诗史上一位开宗立派、影响深远的文学家。

周邦彦是婉约派集大成者

周邦彦生逢北宋之末，国家破灭的惨变发生在其身后。他仕途比较得意，成为宋徽宗设立的大晟府的官员后，更是上宠下捧，过着舒适的"专业创作"生活，他注重研音练字，在填词技巧上有许多创新。

名动京师，帝王词友

周邦彦，字美成，号清真居士，北宋钱塘（今浙江杭州）人，诗、词、文、赋无所不擅，但在他生时即以其词而名闻天下，因此掩盖了其他方面的成就，以词人名世。

周邦彦少时非常喜欢读书，博涉百家经典，但由于个性比较疏散，遂不为州里推重。后来他赶赴汴京，献上自己所写的 7000 字长文《汴都赋》，神宗一见之下，大异其才，召他到政事堂面圣。此事传开之后，周邦彦名动天下，官职也自太学诸生直升为太学正。

周邦彦画像

但在此之后，周邦彦却久久不获迁升。神宗死后，旧党执政，周邦彦被排挤出京，先任庐州教授，后任溧水知县。哲宗即位后又将他调回汴京，此后一直做京官，历任秘书省正字、校书郎、考功员外郎、卫尉、宗正少卿兼议礼局检讨。并以直龙图阁出任河中、顺昌、隆德等州知府，又或迁官明州，再度被调回汴京，拜为秘书监，进徽猷阁待制。

宋徽宗即位后，周邦彦被提举大晟府，成为中央机构的音乐官员。但在晚年，由于他不愿与蔡京奸党合作，又被逐出朝廷，到顺昌、处州等地做官，最后病逝于河南商丘，终年 65 岁。

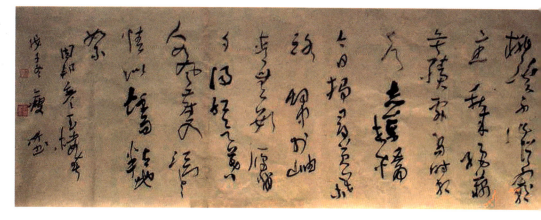

集婉约派之大成

周邦彦墨迹

　　周邦彦在文学史上有着很重要的地位，是公认"负一代词名"的词人。他继承了柳永、秦观等人婉约派之成就，吸收提炼，发扬光大，创出整饬字句的格律派之风，使婉约词在艺术上走向高峰。他的词在宋代影响甚大，"以乐府独步，学士、贵人、市侩、伎女皆知其词为可爱。"当时歌女以能唱周词而自增身价。

　　周邦彦的词作，内容不外乎男女恋情、别愁离恨、人生哀怨等传统题材，但他在艺术表现上却能兼收并蓄，既有温庭筠的秾丽，韦庄的清艳，又有冯延巳的缠绵、李后主的深婉，也有晏殊的蕴藉和欧阳修的秀逸，博采诸家之所长，引导词的创作逐步走上富艳精工的道路。因此，周邦彦的词深得后人赞赏，并产生了广泛的影响。

　　周邦彦在婉约词的创作中，致力于艺术技巧上出奇制胜。他的词极讲究"章法"即整篇结构，将过去、现在、未来的景象相交错，能精心地把一首词写得技法多变却又前后照应，有张有弛，结构严密而又曲折回环。如《兰陵王·柳》，这首词三叠三换头，声韵格律极复杂；而周邦彦写来十分工稳妥切，所以尤为乐师所爱，直到南宋初，还"都下盛行""西楼南瓦皆歌之，谓之'渭城三叠'。"

　　同时，周邦彦精通音乐，又做过北宋最高音乐学府大晟府的官员，因此能精雕细琢，研音练字，不仅扩展了音乐领域，而且在填词技巧上有不少新创举。比如周词中也会透露出一种的沉郁忧伤，但他却以雅丽的词句将其铺排组合，形成一股淡淡的愁绪，浅唱低吟般轻轻流过而绝不过激，如低度美酒般让人微醉，但又不致激动狂乱，突现出婉约词格律的华美。

此外，周邦彦词十分重视语言的锤炼，做到既浑成自然，又精致工巧。他善于运用典雅语言的同时，也善于运用浅俗的口语和民间俚语，如《万里春》中"我爱深如你，我心在、个人心里。便相看、老却春风，莫无些欢意。"通俗自然而又不觉突兀。而最难得的，是周邦彦能够化雅为俗，化俗为雅，使它们在一首词中融为一体。

周邦彦的词能够取得如此高的造诣，除他集众家之长的用心外，还在于他对事物的观察很细腻，讲究对意象的选择，所以语言的表现力很强，如"叶上初阳干宿雨，水面清圆，一一风荷举"三句历来受人推崇，因为它传神地描摹出了雨后初晴的清晨荷叶在水面迎风挺立那种动态的、疏朗而秀拔的风姿。

周邦彦是宋词发展史上结北开南的人物，是北宋婉约派词人中的集大成者。他的词风，对南宋的婉约派词的发展产生了很大的影响，并开启了南宋之后的格律词派之先河，在词史上具有极为重要的地位。

第六章
南方与北方
（12 世纪和 13 世纪）

　　南宋时期，有三个相互关联的因素，不仅大幅提升了文学的社会组织，并且使这些组织非常复杂。这三个因素，均与印刷术的发展有关，首先，欣欣向荣的印刷业使得广泛参与科举考试成为可能。其次，由于印刷术的发展，更多的人可以更方便地接触过去的文化遗产，接触新兴的文化立场，包括道家思想和新的诗风。知识的地理分布，比手稿流传的时代更广泛，传播的步伐也更快。第三，"士"的含义从此改变，这也是印刷文本流行使然。

　　　　　　　　——《剑桥中国文学史》

李清照：中国第一女词人

词从晚唐五代到北宋末年，艳科一直是主流，自苏轼崛起，词的创作突破了传统。在宋室南渡时期，出现了许多鼓舞人心的作品，但亦有不少平庸之作。李清照为矫正那些疏于音律、毫无词境的词风，提出词"别是一家"的理论。

从美满到凄苦的一生

李清照，号易安居士，是两宋之交诗、词、散文皆有成就的女作家。父亲李格非官居礼部员外郎，是位著名学者，"苏门后四学士"之一；母亲王氏是状元的孙女，也工于文章。受家庭的熏陶，李清照年少时就有了诗名。18 岁时，与爱好金石、学识渊博的赵明诚结婚。夫妻俩真可谓品学匹配，志同道合。夫妇二人填词吟诗相唱和，赏玩书画，研究金石，生活中充满了诗情画意。

但是，他们鸾凤和鸣的美满生活，很快便被金人入侵的铁蹄踏破了。在兵荒马乱之中，赵明诚出任湖州太守，赴任途中不幸染疾去世。李清照悲痛欲绝，面对国破家亡的局面，忍受着离乡背井的巨大痛苦，写下了充满伤感和悲愤的词章。大约在 70 多岁时，一代才华盖世的女词人于孤寂中离开了人世。

绝代词后，婉约正宗

李清照是中国文学史上承前继后，具有开创精神的女词人。她对当时词坛上那种既疏于音律，又毫无词境的创作提出批评。为了矫正词风，她在战乱前所作的《词论》中提出词"别是一家"的主张，确立了词体的独特地位。《词论》也是宋代词坛上有独特见解、有组织条理的第一篇词论，更是我国女性作的文学批评第一篇专文，对于后世的影响极大。

李清照经历了北宋末、南宋初的南北分裂之乱，以她随宋室南迁为分界，前后两个阶段的词风变化很大。

　　南渡之前，李清照的词多描写闺中生活，如《如梦令》《怨王孙》中，描写出轻快活泼的画面，显露出少女开朗欢乐的心情和少妇轻松悠闲的生活；《醉花阴》则将闺中的寂寞和对爱情的向往表达得含蓄而委婉；她的闺情名篇还有《凤凰台上忆吹箫》《一剪梅》等小词。

　　南渡之后，李清照由于饱受生活的苦难，词风渐趋含蓄深沉，都真切地反映出了长期流亡生活的痛苦感受。如此类词中的代表作《永遇乐》。元宵佳节，词人拒绝了那些香车宝马之邀，独自品尝战火后的凄清，突出地表现了她关心国家民族命运和对陷于外族入侵铁蹄下的人民的深切同情。而《渔家傲》一词虽然还有身心无所归处的痛苦感慨，但以激昂的格调表达了追求自由、超脱世事的愿望。

《千秋艳图》之李清照像，明佚名作

　　李清照词风总体属于婉约一派，她善于描景抒怀，将强烈的感情熔铸在艺术形象里，营造出情景交融的艺术境界。她还善于截取某段情节或某个思绪片段，从中显示出感人的意境来。

　　李清照的词，在语言上既浅显自然，又新奇瑰丽，展现出独特的表现力。她的词少于用典，而大量运用口语、市井俗语，读来如话家常；但语间音节和谐，流转如珠，富有音乐美。

　　李清照是两宋之交最杰出的词人，也是我国古代文学史上艺术成就极高的女作家，她被誉为"婉约正宗""绝代词后"。

"词中之龙"辛弃疾

宋词在苏轼手中开创出一种豪放阔大、高旷开朗的风格，却一直没有得到强有力的继承发展。伟大词人辛弃疾的出现，标志着宋词的创作又进入了一个高峰期，他完成了爱国豪放词思想与艺术的双重开拓和完美结合。

隆中诸葛，飞虎将军

辛弃疾，字幼安，号稼轩，山东历城（今山东济南）人。南宋豪放派词人、将领，有"词中之龙"之称。他出生于已经沦陷于女真人之手的北方，自小目睹在女真人统治下的汉人所受的屈辱与痛苦，很早就立下了恢复中原的报国大志。同时，由于在金人统治下的北方长大，在他身上有一种反对传统的叛逆和燕赵奇士的侠义之气。

22岁时，辛弃疾聚集2000多人加入了耿京领导的汉人起义军，并担任掌书记，奋起反抗金人的严苛压榨。次年，他南下与南宋朝廷联络，归途中听到耿京被叛徒所杀、义军溃散，愤而率50多人袭击敌营，擒拿叛徒带回南宋朝廷处决。辛弃疾以其惊人的勇敢和果断名重一时，被宋高宗授以右承务郎、广德军通判等职。

辛弃疾深谋远虑，智略超群，还具有随机应变的军事才能，41岁创建飞虎军，雄镇一方，屡建奇功，时人比之为"隆中诸葛"。他本希望尽展雄才将略，但南宋王朝此后失去斗志，甘心向金俯首求和，称臣纳贡。傲岸不屈、刚正独立的辛弃疾，其政治主张与当时的政治环境相悖，因此常常遭人忌恨、谗害和排挤，42岁被罢职。8年后，朝廷准备北伐，一直闲居的辛弃疾自荐再度出山，但并未被重用，68岁时含恨而逝。

别立一宗的英雄之词

辛弃疾是真正具有军事才能的政治家文人，绝非只会纸上谈兵。因此他的词也有别于传统的文人词，而被誉为"英雄之词"。

辛弃疾雕塑

从内容上来说，辛弃疾在词题材的开拓方面甚于苏轼，他的词有着前所未有的广阔表现范围，真正做到了"无意不可入，无事不可入"。南宋时，总体上以婉约词占据主流；而辛词不仅描写离愁别恨，虽不乏对农村风光、自然景色的描写，但辛弃疾往往是站在一个制高点上来描写空间和时间，选取的意象也绝非婉约派的兰柳花草，而是富有阳刚之气的意象，其间大多充溢着一腔英雄之悲、家国之忧、不平之气、愤懑之情。

从艺术形式来说，辛弃疾的词，主要风格无疑是豪放的，表现出十足的大家风范。但除此之外，他的作品中也有一些婉丽清新、缠绵婉约；或秾纤华丽似花间体，或明白通俗如白乐天体；更有些作品中将豪放与婉约两种风格融合在一起，境界阔大而充满流动感，具有豪放的情感、阔大的空间、久远的时间，富有力量和阳刚之气。

在语言运用上，辛弃疾善于广泛地从古代不同作家各种文体的作品中撷取精华，使词具有典雅之气，同时，他还吸取民间口语，使词富有浓厚的生活气息，体现出融会贯通的魅力，如"七八个星天外，两三点雨山前"。

辛弃疾的出现，标志着宋词的创作又进入了一个高峰期，他完成了豪放词在爱国思想与艺术追求方向的双重开拓和完美结合，形成了蔚为壮观的爱国词派，文学史上称之为"辛派始祖""词中之龙"。

南宋四大诗人

南宋中期诗坛再度出现繁荣的局面，被称为宋诗的中兴期，涌现出"中兴四大诗人"陆游、杨万里、范成大、尤袤，形成了宋诗创作的第二个高峰。他们的独创精神，均能自成体格，打开了宋诗的新局面。

南宋"中兴四大诗人"

南宋中期，文坛上涌现出了一批杰出的诗人，他们几乎都曾从学江西诗派入手，但最终又都摆脱了江西诗派的束缚，自成体格。这也从而使宋诗呈现出再度繁荣的局面，形成了宋诗创作的第二个高峰，史称"宋诗中兴"，其中以被称为"中兴四大诗人"的陆游、杨万里、范成大、尤袤为代表人物。

爱国忧民陆放翁

陆游，字务观，号放翁。他的诗具有气吞山河的英雄气概，映射出对投降派尖锐的讽刺和坚决的斗争，表现出壮志未酬的感叹、万死不辞的牺牲精神和对理想境界的寄托。这在陆游一生的诗作中都有所反映，如《书愤》《秋思》《枕上偶成》《十一月四日风雨大作》等。另外，他也有不少像"山重水复疑无路，柳暗花明又一村"（《游山西村》）和"小楼一夜听春雨，深巷明朝卖杏花"（《临安春雨初霁》）等歌唱美好生活的诗句。

陆游的诗在表现手法上，一般不直接对客观事物作具体刻画，而是抒写个人的主观感受，因此，他的诗概括性、抒情性强，既有现实主义的基本特征，又极富浪漫主义情调。

在语言上，陆游不追求粉饰、奇险的效果，而讲究平易晓畅、自然精练，兼具李白的雄奇奔放与杜甫的沉郁悲凉，尤以饱含爱国热情对后世影响深远。

自然清新杨万里

陆游画像

杨万里，字廷秀，号诚斋，今江西吉水人。他的诗有少数评议时政和社会问题，如《怜农》《初入淮河四绝句》等；更多的是歌颂自然和表现日常生活的题材，独具风格，被称为"诚斋体"。

杨万里非常善于发现自然和日常生活中富有情趣与美感的景象，捕捉到一般人没有注意和描写到的细节。例如，"正入万山圈子里，一山放出一山拦。"（《过松源晨炊漆公店六首》之五）"未必柳条能蘸水，水中柳影引他长。"（《新柳》）读来妙趣横生，耳目一新。

在语言上，杨万里不求用典，不避俗俚，其诗既有典雅庄重的句子，又有"拖泥带水""手忙脚乱"之类通俗之极的词语，浅近明白、清新自然，富有幽默情趣的语言风格，为宋代诗坛吹进了一股新风，对后世产生了重大的影响。

范成大和尤袤

范成大，字至能，自号此山居士，江苏苏州人，南宋名臣、文学家、诗人。他先学江西诗派，后又融入中、晚唐诗新乐府的现实手法，终于自成一家。其诗题材广泛，反映了北方人民的痛苦生活和他们的民族感情，如《青远店》《州桥》《双庙》等72首绝句，充溢着悲壮的爱国情感。晚年所作《四时田园杂兴》60首，注重对农村景物、风俗人情和农民生活的描绘。语言平易浅显，清新妩媚，优美流畅，风格有民歌富有韵味之特色，是古代田园诗的集大成者。

尤袤字延之，号遂初居士，江苏无锡人，南宋著名诗人、大臣、藏书家。他的诗，内容多为写景咏物寄赠，风格清新自然，情真意切；语言平易流畅，代表作有《雪》《送提举杨大临解组西归》等。

"北方文雄"元好问

在北方的金朝，这时的创作具有质朴刚健的气质，其诗文华实相符、风骨遒劲；加上历史悠久的中原文化熏陶和哺育，金朝文学得到充分的发展，并以自己独具一格的风貌出现在文学史上。其中成就最高的当数元好问。

金朝遗民，元初才子

元好问，字裕之，号遗山，世称"遗山先生"，金末元初太原秀容（今山西忻州）人，著名文学家、历史学家。元好问自幼聪慧，7岁就能写诗，有"神童"之誉。师从于翰林侍读学士兼知登闻鼓院路择和陵川人郝晋卿，博通经史、淹贯百家。

元好问16岁起到并州参加府试，但榜上无名；19岁时又到长安参加府

元好问画像

试，仍名落孙山。21岁返回故里定襄遗山，读书作诗，自号"遗山山人"。蒙古大军突袭秀容城，元好问举家迁往河南福昌、登封等处躲避兵乱。

在蒙古兵围攻下，金兵节节败退，金廷仓皇迁都南京，元好问赴汴京参加考试，结果又一次失败，但他得以与朝中名人、权要交结，其诗深得时任礼部尚书的赵秉文赞赏，其文名震京师，被誉为"元才子"。

32岁时，元好问终于进士及第，但因科场纠纷愤然不就选任。三年后，他又以考试优异得中宏词科登第，才正式就选，被任为权国史院编修，

留官汴京。两年后出任河南镇平县令，次年改官河南内乡县令，后又调任南阳县令，"善政尤著"。此后，元好问移家汴京，历任尚书省令史、左司都事、尚书省左司员外郎、翰林知制诰等。

金亡后，元好问与金朝大批被俘官员被押往山东聊城看管两年，后居住冠氏县。这期间，他痛心奸贼的误国导致金朝的沦亡，为以诗存史，潜心编辑出金国已故君臣诗词总集《中州集》。蒙古国中书令耶律楚材慕其诗文之名，倾心接纳，但元好问婉言拒绝并回故里隐居，交友游历，编纂著述，1257 年逝世。

元好问浮雕

写诗作文，倡导散曲

元好问是宋金对峙时期北方文学的主要代表，诗、文、词、曲各体皆工。其中以诗歌创作最为突出，并以风格独特的"丧乱诗"自成一派。这些诗皆作于金朝灭亡前后，广泛而深刻地反映了国破家亡的现实，具有诗史的意义。主要有《岐阳》(3 首)、《壬辰十二月车驾车狩后即事》(5 首)、《俳体雪香亭杂咏》(15 首)等。

元好问的"丧乱诗"，具有极强的艺术概括力，诗中饱含着真挚的情感。"丧乱诗"的出现，掀起了杜甫之后现实主义诗风的又一高潮。比如"白骨纵横似乱麻，几年桑梓变龙沙。只知河朔生灵尽，破屋疏烟却数家。"（《癸巳五月三日北渡》）笔笔血泪，字字含悲，被誉为国亡世忧的旷世之作。此外，元好问还有大量写景诗，在晚期还写有一些题画诗，这类诗短小精练、意境深远、豪壮清雅；往往能借景抒情、衬托画作内涵，耐人品味。

元好问在创作中提倡"自然"，主张情性之"真"，主张性灵、神韵、格调的兼容；倡导雄劲豪放、奇崛而绝雕琢、巧缛而不绮丽的诗风，反对生硬晦涩，乱排典故，做学问要"真积力久"，等等。

元好问的作品，多以描绘山河壮丽、抒发爱国豪情为主要内容。另外抒怀、咏史、山水、田园、言情、咏物、赠别、酬答、吊古伤时，无历不控，田园词往往表现出恬淡、闲适的情趣。形式上以奇慨遥深的长调为主；艺术上兼有豪放、婉约诸种风格。

元好问还写过小说，著有志怪短篇小说《续夷坚志》。记载自金世宗至蒙古国蒙哥汗之间的种种传闻故事。他继承和学习了先秦经典、唐代传奇、南宋志怪搜奇的叙事传统，书中的大部分篇幅虽然也是荒诞不经的东西，但目的在于以小说存史和鞭笞社会的丑恶现象。另外，书中还包含着地理、历史、文物、医学、天文、艺术等方面的的记载，显示出作者的博学多闻。

元好问时，散曲之风已经蔚起，他的散曲虽传世不多，但元好问为曲，用俗为雅，变故作新，当时影响很大。其《骤雨打新荷》散曲，元初时曾广为流传，为元散曲名家所激赏。《太和正音剧评》谓："元遗山之词如穷星孤松，列元好问于元散曲名家之列。"说明元好问为之后元曲的兴盛有倡导之功。

元好问是金元之际在文学上承前启后的桥梁，以其在文学上的成就，被尊为"北方文雄""一代文宗"。

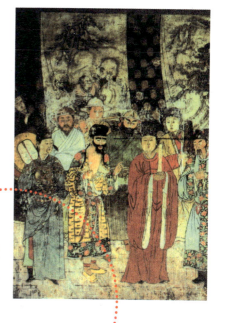

第七章
金末至明初文学
（约 1230—约 1375 年）

元代文学有三大特点，第一是白话文学的成熟；第二，相当一部分作家的文学创造性，从科举考试的束缚中解放出来；第三个特点，自然是外族作家的出现，外族作家成为各种古典、通俗文学的重要作家。

虽然蒙元政治在文学连续上，确实存在重大突破，使整个中国文学也出现了一些直接的、可以辨识的变化，但由于元朝过于短暂，这些到了后来才充分显现，我们只有在回望时才清晰可见。

——《剑桥中国文学史》

元杂剧奠基人关汉卿

在中国戏曲史上，有一粒"蒸不烂、煮不熟、捶不扁、炒不爆、响当当的铜豌豆"，那就是关汉卿。关汉卿用他的如椽大笔，推动元杂剧脱离宋、金杂剧的"母体"，走向成熟，是戏剧创作的艺术高峰。

风流博才，一时之冠

关汉卿，号已斋叟，大都（今北京）人。金被蒙古所灭时，关汉卿正处于少年时期，他的前半生，是在血与火交织的动荡不安的年代中度过的。虽处于战乱之中，关汉卿仍熟读儒家经典。《析津志》说他"生而倜傥，博学能文，滑稽多智，蕴藉风流，为一时之冠"。

元朝建立的时候，年近半百的关汉卿大概已经是一位散曲的大家了，正活跃于杂剧创作圈中，和杂剧作家杨显之、梁进之、费君祥，散曲作家王和卿以及著名女演员朱帘秀等均有交往；有时还亲自登台演出，成为名震大都的梨园领袖。

关汉卿大约于元成宗大德（1297—1307）年间去世。

推动元杂剧走向成熟

关汉卿是一位杂剧、散曲大家，一生创作了 60 余种杂剧，保存至今的有 18 种，他的创作推动元杂剧这一艺术形式逐步走向成熟。由于时代背景的影响，他的杂剧内容具有极高的现实性和强烈的反抗精神。其中有大部分揭露了社会黑暗，歌颂人民的反抗斗争精神，如《窦娥冤》《鲁斋郎》《蝴蝶梦》等；同时关汉卿还对妇女悲惨命运抱以同情，并大力颂扬女性在抗争中的智慧和胆略，这部分作品多为爱情风月剧，如《救风尘》《望江亭》等；另外，关汉卿还采用历史题材，创作出表达对现实社会认知的历史剧，如《单刀会》《西蜀梦》等。

从艺术技巧上来看,关汉卿的杂剧故事复杂,情节曲折,引人入胜,每个情节都合乎逻辑,丝丝入扣;每个人物极具个性,极少概念化、模式化,因此栩栩如生,令人印象深刻,如窦娥、赵盼

《窦娥冤》插图

儿等,直至今天,仍为大家所熟知。

从语言艺术来说,作为深受儒家思想影响的知识分子,关汉卿在剧作中常把《周易》《尚书》等典籍的句子顺手拈来,运用自如。加之关汉卿能面向下层,长年流连于市井之中,受到了生生不息、杂然并陈的民间文化的滋养,因而他在创作过程中,能够得心应手地运用民间俗众的白话、三教九流的行话,语言既切合人物的身份,又贴近当时口语,形成了独特的雅俗共赏的语言风格,是"本色派"的代表。

关汉卿具有扎实的文学功底,擅长采用现实主义与浪漫主义相结合的创作手法,营造出浓郁的戏剧氛围,收到了良好的艺术效果,因此成为戏曲史上一粒"蒸不烂、煮不熟、捶不扁、炒不爆、响当当的铜豌豆",是元代剧坛最杰出的代表之一,中国人精神文化史上无法绕过的丰碑。他以如椽大笔,不懈的努力,推动元杂剧脱离宋、金杂剧的"母体", 走向成熟,标志着戏剧创作走上了艺术的巅峰。关汉卿以其对元杂剧和文学的贡献,被列为"元曲四大家"之首。

"曲状元" 马致远

马致远的曲作声调和谐优美，语言熔诗词与口语为一炉，疏宕豪爽、雅俗兼备，创造了曲的独特意境，大大提高了"曲"这一文学题材的艺术地位。

归隐的曲状元

马致远，字千里，后人誉为"曲状元""马神仙"，原籍河北省东光县马祠堂村，出生于元大都。他参加杂剧创作较早，曾是"元贞书会"的主要成员，与文士王伯成、李时中，艺人花李郎、红字李二都有交往。

马致远青年时期仕途坎坷，中年中进士，曾在浙江任职，后在大都任工部主事。但仕途上总是不能完全如其所愿，这使他渐渐心灰意懒。

晚年时，马致远因对时政不满而隐居田园，宣称看破了世俗名利，以隐士高人自居，同时又在道教中求解脱。此时，他专门从事杂剧、散曲创作，以饮酒唱曲自乐。

大约70岁左右，马致远去世，后人将其与关汉卿、白朴、郑光祖并称"元曲四大家"。

剧作大家，散曲高手

马致远一生既从过政，又长时间从事杂剧创作。他的作品见于著录的有16种，今存《汉宫秋》《荐福碑》《岳阳楼》《青衫泪》《陈抟高卧》《任风子》6种，另有《黄粱梦》，是他和李时中、红字李二、花李郎合作的。其中，以《汉宫秋》最为著名。

马致远生活的年代晚于关汉卿，此时，元朝统治者开始有意"遵用汉法"，让汉族文人担任一些重要官职，这让汉族文人有了一丝幻想，但这种政策却又未能普遍实行，自然造成了汉族文人更大的失望。在这种背景下，马致远着手创作了《汉宫秋》，他在传说的基础上进行了大胆的再创作，这就形成了一个虚实结合的宫廷爱情悲剧。在剧中，马致远想表现出，个人的一切被命运所主宰，反映出个人的情绪随历史的沧桑变化所变化。剧中人汉元帝也卸去了帝王的外壳，表现出更多普通人的情感。剧中人唱词"早是俺夫妻悒怏，小家儿出外也摇装"，流露出对平民夫妻生活的羡慕之情。通过剧中人物，作者马致远无限地感叹，表现出历史变迁、人生无常。

马致远的杂剧作品具有豪放中显飘逸、沉郁中见通脱之风格；语言清丽，善于把比较朴实自然的语句锤炼得精致而富有表现力。

马致远除了剧作出名外，同时是撰写散曲的高手，因此才有"曲状元"之称。马致远的散曲题材极广，大致可分为4大类：写景、叹世、闺情、世象，今存散曲约130多首，其中《东篱乐府》有小令104首，套数17套。

而流传最广的，则是其代表作《天净沙·秋思》：

枯藤老树昏鸦，小桥流水人家，古道西风瘦马。夕阳西下，断肠人在天涯。

此曲短短28字，却令读者眼前呈现出一幅非常生动的秋郊夕照图，充满强烈的抒情性和主观性，如诗如画，余韵无穷，不失为千古绝唱。

马致远在元代散曲作家中，被看作"豪放"派的主将，他善于运用多种修辞手法和人物形象鲜明等艺术特点，叹世之作中也能挥洒淋漓地表达性情；他虽也有清婉的作品，但其作品以疏宕宏放为主。

《天净沙·秋思》邮票

103

白朴与《梧桐雨》

与关汉卿相比，白朴的生活圈子较窄，因此他不从社会下层提炼素材，而是利用历史题材敷演故事，旧瓶装新酒。他词采优美，情意深长，这又是关汉卿不及的。他在文学史和戏曲史上具有特殊的地位。

一生九患

白朴，字太素，号兰谷，出生于真定（今河北正定县）官僚士大夫家庭，原名恒，字仁甫。其父白华官至金枢密院判。白家与元好问父子为世交，两家子弟交往甚好，常以诗文相和。白朴出生不久，金南京汴梁已处于蒙古大军的重重包围之下。1233 年初汴京城破，白朴母子失散，幸好得元好问于乱军中找到他和姐姐，带回自家。后来元好问携带白朴姐弟北上山东旅居。白朴从小喜好读书，元好问对他悉心培养，使他受到了良好的教育。

金朝灭亡后，白华北投元朝。白朴 12 岁时，白华来到真定，元好问遂将白朴姐弟送归白华，使失散数年的父子得以团聚。从此，白朴按照父亲的要求，写作诗赋，学习科场考试的课业，很快即以能诗善赋而知名。然而，白朴心灵上的伤痕难以恢复，对当局充满了厌恶，因此，他放弃了多次科考，决心远离官场名利的争逐，而以写诗作曲为专门之业。

随着年岁的增长，白朴的学问更见长进，但他谢绝了推荐出仕，弃家南游，大大增长了社会阅历。然而，眷妻恋子的情肠终不能割断，他也经常为自己矛盾的心情所煎熬，自称"一生九患"。

由此，白朴常往来于南北两地，晚年主要在江南的杭州、扬州一带游历，直到 81 岁时，他还重游过扬州。但在此之后，白朴的行踪就无从寻觅了。

墙头马上听梧桐

白朴一生致力于文学创作，精于度曲，写过 15 种剧本，题材多出历史传说，剧情多为才人韵事。如代表作《唐明皇秋夜梧桐雨》，写的是唐明皇与杨贵妃的爱情悲剧，写得悲哀怛恻，雄浑悲壮；《鸳鸯间墙头马上》描写的是一个"志量过人"的女性李千金冲破名教，自择配偶的喜剧故事，写得起伏跌宕，热情奔放。这两部作品历来被认为是爱情剧中的成功之作，情节曲折，主题突出，剧中人物塑造得各具个性，栩栩如生，对后代戏曲的发展具有深远的影响。

《梧桐雨》插图

白朴善于利用历史题材，敷演故事，于旧题中创出新意，而且他词采优美，情意深切绵长，或为江山异代、田园荒芜而感伤悲戚，或抒发怆凉人生的感慨。

白朴除创作了不少杂剧，为元代杂剧的繁荣贡献了自己的才华外，还写下了不少词曲，表达自己的意志情怀。白朴的词作承袭元好问长短句的格调，用词典雅，天然古朴，流传至今约 100 余首，大多以咏物与应酬为主；他的散曲跌宕沉详，情寄高远，《天籁集摭遗》一卷收其小令 37 首，套曲 4 套。

白朴的文学成就，主要在于元代杂剧的创作中，在杂剧发展史上具有重要的地位。历来评论元代杂剧，都称他与关汉卿、马致远、郑光祖为"元杂剧四大家"。

郑光祖与《倩女离魂》

郑光祖主要活动在杭州，是南方戏剧圈中的巨擘。他的剧作词曲优美，甚得明代一些曲家的赞赏。除了杂剧外，他还写过一些清新流畅、婉转妩媚的曲词，艺术价值很高。

默默耕耘的艺术家

郑光祖，字德辉，平阳襄陵（今山西临汾市襄汾县）人。他出生于元代建立之初的1264年，从小就非常喜爱戏剧艺术，并且致力于学习戏剧创作。同时学习儒家经典，后来补授杭州路为吏，因而南居。但他生性耿直，不善与官场人物打交道，因此多受排挤，仕途坎坷。

于是，郑光祖尽量远离官场是非，积极投身于南方杂剧的活动之中，并很快享有盛誉，成为南方戏剧圈中的巨擘。他主要活动在杭州一带，杭州的美丽风景和那里的伶人歌女，不断地触发着他的感情；他的作品通过众多伶人的传播，在民间产生了广泛的影响。他与苏杭一带的伶人有着紧密的联系，甚至死后也是由伶人火葬于杭州灵隐寺中的。

名香天下，声振闺阁

郑光祖一生从事于杂剧这一民间艺术的创作。他在选择杂剧的主题方面是远离现实的，并非出于政治的需要去揭露现实，而大多是纯粹从艺术需要的角度来选择。他一生写过18种杂剧剧本，全部保留后世的有10种。从他的存世剧目中可以看出，主要有青年男女爱情和历史传奇两大主题，如《周公摄政》《三英战吕布》《倩女离魂》等。其中以《倩女离魂》最为著名。

郑光祖的代表作《倩女离魂》，是改编自唐陈玄祐的传奇小说《离魂记》。全剧集中刻画了倩女追求婚姻自主，忠贞于爱情的形象和性格，表现了她在婚姻上决不轻易任人摆布，对封建礼教抱以鄙视和坚决的反抗。

在《倩女离魂》一剧中，郑光祖以优美的文笔，从两个方面叙写了女子在礼教抑制下精神的痛苦：一方面，倩女的灵魂代表了女性对爱情婚姻的渴望与追求；另一方面，倩女面对礼教禁锢，她的躯体只能承受离愁别恨的煎熬。郑光祖成功地塑造了一个对爱情忠贞不渝，感情真挚热烈的少女形象，让灵魂和躯体有了不同表现，而一旦在"灵魂出窍"这种非常的情况下，她才能挣脱束缚，精神获得自由，从而表现得热情似火，敢作敢为。这充分体现出其在描写人物内心活动方面的独具一格。

除了杂剧外，郑光祖还写过一些曲词，保留下来的有小令 6 首，套数 2 套。这些散曲的内容，包括对田园派诗人陶渊明的歌颂，也有借对江南荷塘山色的描绘，即景抒怀，倾诉自己对故乡的思念。无论写景还是抒情，均体现出清新流畅的风格和婉转妩媚的语言技巧，在文学艺术上有很高的价值。

《西厢记》天下夺魁

与关汉卿同期，出现了另一位戏曲大家王实甫。如果说，关汉卿剧作是以酣畅豪雄的笔墨横扫千军，那么，王实甫所创作的具有惊世骇俗思想的《西厢记》，则表现出"花间美人"般光彩照人的格调。

从市井中走出的戏剧大家

王实甫，名德信，大都（今北京）人，生卒年与生平事迹俱不详。古代许多伟大的艺术家都有这样的情况，虽然数世纪来他们的作品被广为传诵，但对他们的身世却几无所知。据《录鬼簿》记载，王实甫与市民大众十分接近，经常混迹于艺人官妓聚居的场所。

王实甫是元代著名戏曲作家，同关汉卿齐名。他所创作的杂剧计有 14 种，完整地保留下来的，除《西厢记》外，还有《破窑记》4 折和《贩茶船》《芙蓉亭》曲名 1 折。其他作品则均已散佚不可知。

明刻本《西厢记》彩图

《西厢记》是元代剧坛绽开的又一朵奇葩，以其"花间美人"般光彩照人的格调，与关汉卿以酣畅豪雄的笔墨横扫千军的剧作形成鲜明的对比。《西厢记》的故事取自唐元稹传奇小说《莺莺传》，讲的是张生与崔莺莺历经波折、终成眷属

的爱情故事。在王实甫之前之后，据此小说改编的戏曲剧目多不胜数，但以王实甫的版本最为成功，他重塑了张生的形象，纠正了其在原作中的弱点，尤其红娘这一人物形象的塑造，历经几百年后，几近家喻户晓，《拷红》一折成为各剧种的保留剧目而久演不衰。其中"碧云天，黄花地，西风紧，北雁南飞"一曲堪为千古绝唱。

《元代杂剧图》

元代剧坛的一朵奇葩

杂剧《西厢记》展现了一个人们理想中至美的爱情传奇，王实甫以高超的艺术水平，使该剧格外动人，成为许多剧种的保留剧目。

从剧情来说，《西厢记》这部多本戏写得波澜起伏，在结构布置上非常巧妙，矛盾冲突环环相扣。张生、崔莺莺、红娘等主角既有各自的鲜明个性，又彼此衬托，相映生辉。

张生本性诚实厚道，但又兼有轻狂的一面，洒脱中又显得迂腐可笑。他是矛盾的主动挑起者，在追求爱情时显得直率而强烈；但他的大胆妄为却被社会主流视为"邪恶"而备受抑制，因此蠢动不安；而他的痴情不改、刻骨相思，又符合浪漫爱情所需要的道德观而让人喜爱。

崔莺莺具有明朗而又丰富的性格。王实甫把她刻画成一个始终渴望着自由的爱情，并且对恋人一直抱有好感，但又受到家庭严厉压制的名门闺秀。她疑惧被母亲派来监视她的红娘，总是小心翼翼地试探获得爱情的可能，并常常在似乎矛盾的状态中行动：一会儿眉目传情，一会儿装腔作势。崔莺莺的这种性格特点也使得剧情更加复杂化。终于，她以私奔的大胆举动，打破了疑惧和矛盾心理，使普通人的天性表现出受到抑制会变得更强烈的特点。

在剧中，红娘虽只是一个婢女身份，却是一个非常重要的角色。她机智聪明，热情泼辣，又富于同情心，是剧中最活跃、最令人喜爱的人物。她常在崔、张的爱情处在困境的时候，以其特有的机警使矛盾获得解决。红娘代表着富有生气的健康生命，她因此而充满自信。她虽只是一个小奴婢，但总是居高临下地对张生的酸腐、崔莺莺的矫情和老夫人的固执蛮横加以讽刺、挖苦乃至严辞驳斥。她反对任何封建教条，世上任何道理在她口中都能变成有利的道理。所以她一会儿讲"礼"，一会儿讲"信"，周公孔孟，头头是道，却无不是为己所用。她的形象既有些理想化的成分，又有一定的现实性，充分反映了市井百姓的人生态度。

《西厢记》的艺术风格缠绵婉转，浪漫曲折的爱情故事被描述得风光旖旎，同时，剧中语言非常优美，声口灵动，曲词华美，以高度的语言技巧造成浓郁的抒情气氛。虽然其中也有不少近于本色的段落，但均写得比较精巧，而且还广泛运用骈偶句式，达到唐诗、宋词的语汇、意象所营造出的艺术境界，形成一种诗剧的风格。

王实甫的《西厢记》，作为剧本表现出了舞台艺术的完整性，自问世以后家喻户晓，有人甚至把它与《春秋》相提并论，可见该剧已经达到了元代戏曲创作的最高水平。

第八章
明代前中期文学
（1375 — 1572 年）

在己有的文学史书写中，明代前中期往往是被忽略的，这种失衡的文学史叙述，通常强调 1550 年以后的晚明文学是多么重要，而在此之前近 200 年似乎都无足称道，实际上，很多晚明重要的文学思潮都渊源于这一时期。

在通俗小说中，小说开始书写历史。与此同时，印刷业有了飞速的发展，很多长篇小说和各种文体的作品，由坊间大量推出。就某些文学产品的广泛传播而言，明代中期文学的盛况，并不比欧洲的文艺复兴逊色。

——《剑桥中国文学史》

侠义小说《水浒传》

从南宋起，水浒的故事就在民间广泛流传。到了元代，已经出现了大批"水浒戏"。小说戏曲作家们纷纷从中吸取创作的素材而加以搬演。正是在此基础上，产生了一部杰出的长篇小说《水浒传》。

亲历农民起义的文学家

著名长篇小说《水浒传》又名《水浒全传》《忠义水浒传》，版本繁多，比较重要的有 3 种，即 100 回本、120 回本和 70 回本。作者相传为元末明初的施耐庵。

施耐庵的生平事迹，缺乏具体而又可靠的史料记载，相传原名耳，又名子安，钱塘（今浙江杭州）或兴化（江苏）人。据说他是元至顺进士，曾出仕钱塘两年，因与官场不合，便弃官还乡，闭门著述。也有说元末张士诚起兵时，曾亲自到他家中邀他入军，施耐庵婉言谢绝了，却写出了反映农民起义的长篇巨著《水浒传》。

《水浒传》以历史上宋江等 36 人农民起义的真实事件为根据，描写了一批"大力大贤有忠有义之人"，未能"酷吏赃官都杀尽，忠心报答赵官家"，却被奸臣贪官所逼，而在山东梁山泊聚义造反，沦为"盗寇"；接受招安后，这批"共存忠义于心，同著功勋于国"的英雄，一个个都被无道之君、误国之臣逼上了绝路。

用白话塑造传奇英雄的群像

《水浒传》是中国第一部以农民起义为题材的长篇巨著，它叙述了农民起义的起因、发生、壮大直至失败的全过程，在歌颂"全仗忠义"的梁山108 位英雄好汉同时，深刻地揭露了朝廷内外一批批贪官恶霸、豪绅权贵的"不忠不义"，揭示了"奸逼民反"的道理，也具体提示了起义失败的内在历史原因。

《水浒传》继承了说书话本的传统，故事性很强，随处可见引人入胜的情节，如智取生辰纲、风雪山神庙、血溅鸳鸯楼、三打祝家庄等，生动曲折、惊心动魄又妙趣横生。另外，这些小故事既前后串连成一个有机整体，在读者面前展示了一个个仗义勇为、威震敌胆、有血有肉的生动英雄群体；又具有相对独立性，塑造出一个个顶天立地的英雄形象。

《水浒传》在塑造人物形象方面积累了丰富的艺术经验。作品能紧紧扣住人物不同的出身经历，通过人物自己的言行凸显出各自不同的鲜明性格，如宋江的领袖风范、吴用的神机妙算、武松的英武神勇、李逵的粗鲁莽撞，以及西门庆的骄横、镇关西的凶悍等，都给人留下了深刻的印象。

水浒人物之宋江

在语言上，《水浒传》是我国第一部纯粹用白话写成的长篇小说，将白话运用到了绘声绘色、惟妙惟肖的程度，语言高度口语化，形象生动、明快洗练，不同的人物有不同的语言风格，往往可以从说话看出人来，这是作者塑造人物的主要手段。同时，《水浒传》的叙述语言形象传神，充满生活气息，往往寥寥几笔，就能达到形神毕肖的地步；绘景状物则简练生动，与人物的性格特征、心理活动结合在一起，使人如身临其境。

《水浒传》既是我国英雄传奇小说的光辉典范，也堪称我国白话文学的一座里程碑，它的出现，标志着白话文体在小说创作方面已经完全成熟。

《三国演义》：第一部长篇章回体小说

《三国演义》属于世代累积型小说，它的成形有一段漫长的历史过程，经过了史书记载、艺人讲唱和作家加工三个阶段，是史书与讲史相结合、民间智慧结晶和作家艺术天才相结合的产物。

历史演义小说的开山之作

《三国演义》全名《三国志通俗演义》，是我国的一部优秀长篇历史小说，大概创作于元代末年，作者罗贯中。

罗贯中，号湖海散人，祖籍太原。他是施耐庵的学生，一生著述颇丰，除《三国演义》外，还有长篇小说《隋唐两朝志传》《残唐五代史演义传》《三遂平妖传》、杂剧《宋太祖龙虎风云会》等，据说他还参加过《水浒传》的创作或加工。

《三国演义》的成形有一段漫长的历史过程，主要经过了史书记载、艺人讲唱和作家加工三个阶段，属于世代累积型小说。陈寿的《三国志》本身就具有极强的故事性；流传在民间的三国故事，又经历代不断丰富；到了金元时期，杂剧舞台上出现了大量的三国戏。最终罗贯中"据正史，采小说，证文辞，通好尚"，创作出了《三国演义》这部历史演义的典范作品。

气势恢宏的历史画卷

《三国演义》后世通行的为120回本，用"依史以演义"的独特的文学样式，描写了东汉末年魏、蜀、吴三国从时局动乱、军阀纷争中崛起，终于西晋灭吴统一全国百年来的历史故事。

统观全书，作者显然深受儒家的政治道德观念影响，糅合了广大民众"褒刘贬曹"的爱憎与向背传统观念，谴责了昏君贼臣所导致的天下分裂、军阀割据局面，表现了人民反对战争分裂、渴慕创造统一的清平世界的思想。全书以蜀汉为中心来搭构主架，以三国利益冲突为主线，无数的事件虽纷繁复杂却不琐碎支离，曲折变化却又脉络分明，构成了一个完美的艺术整体。

《三国演义》的人格构建核心，是传统伦理道德中的"忠义"规范，写人论事都鲜明地以此来区分善恶，评定高下，而不管其身处哪一集团、出身贵贱，只要"义不负心，忠不顾死"，都对其不吝赞美。特别是塑造出一个个理想人格的化身，如诸葛亮的忠、关羽的义。

作为一部历史演义小说，《三国演义》成功地体现了虚实结合的艺术特色。在借史实基干和框架的基础上，根据一定的美学理想来进行艺术虚构，从而形成了"七分实事，三分虚假"的面貌，大大丰富了情节展现，描绘出一幅波澜壮阔、气势恢宏的历史画卷。

在人物塑造上，《三国演义》采用类型化的写法，并通过夸张、对比、烘托等手

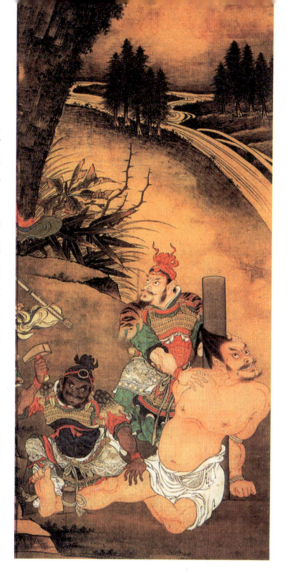

《关羽擒将图》（局部），明商喜作

法，把人物某一方面的特点发展到极端。比如刘备的仁厚、关羽的忠义、诸葛亮的智慧、曹操的奸诈、张飞的勇猛等，性格鲜明，形象生动，成为家喻户晓的人物。

在语言上，《三国演义》具有"文不甚深，言不甚俗"的特色。文言中夹杂着白话；白话中又有不少文言成分，可谓雅而不涩，俗而不俚。这种语言风格使它既能发挥白话之长，又能避免纯粹的文言之短，别具一格。

《三国演义》不仅是历史演义小说的开山之作，而且在我国及亚洲的其他国家广泛流传，形成了中国小说史上的第一座艺术高峰。

长篇神魔小说鼻祖《西游记》

> 《西游记》经历了长期积累与演化的过程。《三国演义》、《水浒》是"实"与"虚"结合,以"真"的假象问世;《西游记》的演变过程则是将历史的真实不断地神化、幻化,最终以"幻"的形态定型。

从民间传说到文人创作

《西游记》是我国古典文学中一部优秀的神话小说,作者是明代杰出小说家吴承恩。

吴承恩,字汝忠,号射阳居士,江苏淮安人。他出生于一个由学官而转化为商人的家庭,自幼聪敏好学,尤其喜欢神话,幼年即"文鸣于淮"。但是,他在科场上却屡遭挫折,30多岁时才补为岁贡生,曾在较短一段时间任长兴县丞和为荆府纪善。但他耻于阿谀攀附,于是绝意仕途,闭门归隐,专心著述,终于写出了《西游记》这部杰出的长篇神话小说。

《西游记》是群众创作与文人创作相结合的产物,它的成书曾酝酿了700余年。唐初高僧玄奘为追求佛家真义前往天竺取经的故事,从他归国后就已经在社会上广为流传。南宋时刊印的"讲经"话本《大唐三藏取经诗话》,已出现了三藏法师、猴行者、深沙神的形象,真正完成了西游故事由历史向神话的转变。到了元代,西游故事在杂剧中得到了充分表现,并进一步神怪化,首次出现了猪八戒的形象,猴行者也演变为"齐天大圣"孙悟空。至此,西游故事的主要人物和情节结构已大体定型。吴承恩在世代累积和民间文学的基础上,最终写成《西游记》这部神奇浪漫的巨著。

家喻户晓的神话名著

《西游记》虽以唐僧西天取经的故事为主线,但小说的主要人物并非唐僧,而是孙悟空。因此,《西游记》实际上也是一部英雄传奇,着重表现了孙

悟空在跟妖魔斗争中显示出的坚强的斗争决心和高超的斗争艺术，歌颂了不畏艰险、勇往直前、积极乐观的斗争精神和美好品德。

在艺术表现上，《西游记》的最大特色，就是以诡异的想象、极度的夸张，突破了时空、生死以及神、人、物的界限，小说中的形象多身奇貌异、神通广大，天上地下、龙宫冥府、仙境佛国，充分施展其超人的本领，从而打造出一个自由广阔、神奇绚丽的神话世界。

同时，《西游记》情节生动、奇幻、曲折，表现了丰富大胆的艺术想象力，作者将奇人、奇事、奇境熔于一炉，构筑成了一个统一和谐的艺术整体，展现出一种奇幻美。但由于那些变幻莫测的故事中都有现实的影子或含生活的真理，因此在极幻之文中，含有极真之情；在极奇之事中，寓有极真之理。

《西游记》塑造的人物形象也很有特色，融合了物、神、人三性，既亲切又具有超现实的色彩，具有人的思想、行为和人性特点，同时又有神的威力和动物的外貌等特点。

《西游记》在艺术表现上的另一个特点，就是以大量的游戏笔墨穿插其中，于惊心动魄中洋溢着诙谐幽默的喜剧气氛。这种戏言似为信手拈来，涉笔成趣，大大增加了小说的趣味性。

《西游记》在我国小说史上开辟了浪漫主义的新境界，确定了神魔小说在长篇小说中的独立地位，成为中国人家喻户晓的古典小说名著，被誉为明代"四大奇书"之一。

徐渭的《四声猿》

徐渭对于戏剧创作上的理论颇有见地，他蔑视传统，主张"本色"，反对过度的修饰，他的《四声猿》从内容、精神到形式，都给当时和后世的剧坛带来了积极影响。

有明一代才人

徐渭，绍兴府山阴（今浙江绍兴）人。初字文清，后改文长，号青藤老人、青藤道士、天池生、天池山人、天池渔隐、金垒、金回山人、山阴布衣、白鹇山人、鹅鼻山侬、田丹水、田水月。明代著名文学家、书画家、戏曲家、军事家。

徐渭生性聪慧，6 岁读书，9 岁能文，10 多岁时一篇《释毁》轰动全城，被称为"神童"。20 多岁时，徐渭与越中名士陈海樵、沈炼等人并称"越中十子"。他多才多艺，在诗文、戏剧、书画等各方面都独树一帜，与解缙、杨慎并称"明代三才子"，被誉为"有明一代才人"。

徐渭虽早以才著称，然而在科举道路上却屡遭挫折。20 岁才考中秀才，此后 8 次参加乡试，直到 41 岁仍未能中举。37 岁时应胡宗宪之邀，入幕府掌文书，助其擒徐海、诱汪直。胡宗宪被下狱后，徐渭忧愤失望而至发狂。8 年之后，他南游金陵，北走上谷，虽对政治已不抱理想，但仍关心国事，纵观边塞厄塞，常与将士谈论边防策略。经戚继光介绍，至辽东教授李成梁之子李如松兵法。并留下了不少描写北地风光、民俗和军旅生活的诗文。

徐渭晚年因健康不佳，回到家乡绍兴，从此过着非常贫苦的生活，以至藏书数千卷被变卖殆尽，73 岁时因病去世。

徐渭荷叶图

杂剧《四声猿》艺术的独特

徐渭是明代最为多才多艺的文人，自诩"书法第一，诗第二，文第三，画第四"。他开创了一代画风，是中国"泼墨大写意画派"的创始人、"青藤画派"之鼻祖，山水、人物、花鸟、竹石无所不工，以花卉最为出色；书善行草，也写过大量诗文；能操琴，谙音律，爱戏曲。

徐渭虽多才多艺，但他在艺术上绝不依傍他人，喜好独创一格，具有强烈的个性，风格豪迈而放逸，而且常常表现出对民间文学的爱好。他所著《南词叙录》为中国第一部关于南戏的理论专著，另有杂剧《四声猿》《歌代啸》及文集传世。

徐渭在文学上的代表作是杂剧《四声猿》，由 4 剧组合而成：《狂鼓史渔阳三弄》，根据三国祢衡击鼓骂曹操的故事，影射了奸相严嵩杀害沈炼之事；《玉禅师翠乡一梦》，揭露了当时官场尔虞我诈的虚伪本质和佛门禁欲主义的丧失人性；《雌木兰替父从军》，取材于南北朝民歌花木兰替父从军的故事，并增加了凯旋、出嫁的情节；《女状元辞凰得凤》，刻画了才华出众的女状元黄崇嘏乔装男子，安邦定国的艺术形象。

《四声猿》具有浓郁的时代气息，体现了对封建压迫与礼教束缚狂傲的反抗精神，反映出人民对不合理现实的变革愿望。

徐渭具有蔑视传统的精神，《四声猿》打破了杂剧固定一本四折的格式，长短不全相等，从一折到五折都有，为戏剧形式上的多样化开拓了门津。突破纯用北曲的陈规旧律，《女状元》全用南曲。

在戏剧理论方面，徐渭主张"本色"，即戏剧语言应当符合人物的身份，应当使用口语和俗语，以保证人物的真实性，而反对典雅的骈语，过度的修饰。《四声猿》的语言清新活泼、流畅优美；曲词宾白，感情饱满，妙趣横生。

"前七子"与"后七子"

　　明朝中后期，李梦阳、何景明等七人针对当时虚弱的文风，提倡复古，追求"文必秦汉，诗必盛唐"，形成一股复古运动。再后来，以李攀龙、王世贞为代表的"后七子"出现，他们继续提倡复古，相互呼应，声势更为浩大。

前后两代七子

　　"明七子"这一称谓，既是指我国古代文学史上的人物，也可以用来代指明朝时期的一种文学流派。作为人物，指的是李梦阳、何景明、徐祯卿、边贡、康海、王九思和王廷相七位有名的文人。到了明嘉靖、隆庆年间，又有李攀龙、王世贞、谢榛、宗臣、梁有誉、徐中行、吴国伦七位有名的文人，也被世人并列而称"七子"。为了加以区分，就将李梦阳等七人称为"前七子"；将李攀龙等七人称为"后七子"。

王世贞画像

　　同时，"七子"一词也常指以明七子为代表的文学流派。七子皆为进士，深具气节，因不满腐败的朝政和庸弱的士气，对当时流行的台阁体诗文和"啴缓冗沓，千篇一律"的八股习气加以鄙视和强烈地谴责。这"七子"都怀着强烈的改造文风的历史使命，他们为了拯救萎靡不振的诗风，为当时的诗文创作指明一条新路子，主张在文学创作中大力提倡"文必秦汉、诗必盛唐";但这样一来，却走上了一条以复古为革新的老路。

"明七子"高举文学革新的大旗，在文坛迅速崛起。之后，他们的复古主张立即得到了广大文人士子的响应，很快风行天下，成为文学思想之主流。于是，一场

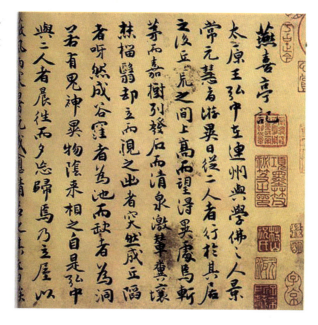

徐祯卿书法真迹

轰轰烈烈的文学复古运动就此掀开了序幕。在明代文学史上，这对当时已经逐渐堕落的诗风有积极的进步意义。

七子争辉耀文坛

"七子"虽然在文学上具有相同的主张，但他们在一些具体的文学见解方面又不尽相同，创作上也各具特色。

明弘治年间，宰相李东阳以"馆阁体"领导全国文坛，天下文人争相效仿，只有李梦阳一人讥"馆阁体"的萎弱，提倡写文章要以秦汉文章为范本，写诗要以盛唐诗体为榜样，主张"刻意古范"，句模字拟，逼肖前人；诗重气魄，追求雄奇、豪放的风格。李梦阳有"真诗在民间"之说，要求作家深入民间，联系实际，汲取营养。李梦阳的这些文学观点，对当时的文学创作起了很大的推动作用，因此他被誉为"七子"的魁首。

何景明是"七子"中思想较为灵活的一个，他主张对古人作品重点在于"领会神情"而"不仿形迹"，以达到"达岸舍筏"的目的；诗重才情，偏向清新一路。徐祯卿的成就在于诗论，颇多精辟、独到之处。康海、王九思的

主要成就在散曲、杂剧方面，诗多率直。边贡、王廷相的短诗清新、明快。

"后七子"更把复古运动引到了极端，他们武断地认为散文自西汉以后、诗歌从盛唐以来已有成法，今人作文只要"琢字成辞，属辞成篇"，模拟古人就可以了。

"后七子"在近体诗方面都有一定功力，李攀龙俊洁响亮，王世贞精切雅致，吴国伦整密沉雄，徐中行闳大雄整，谢榛神简气逸。

前后七子的文学主张和创作实践都有现实意义，明末至清代有不少诗人受到了他们理论的影响。

第九章
晚明文学文化
(1573—1644 年)

政治动荡，对文学文化产生了极大影响，一方面，文学主题反映政治动荡，这一时期众多戏曲、小说作品，以宫廷政治巨变为主要内容，除此之外，文学文化的样貌，也由政治党争所决定，到了王朝末年，文学文化与政治党争几乎难解难分。

明朝末年，我们发现自己身处一个古怪的世界，悲剧性的妓女、忠于皇室的绅士、精英家庭中的贞女，这三者总是紧密联系在一起，但他们的完全交汇，在明朝灭亡的直接后果中才显现出来。

——《剑桥中国文学史》

公安派提出"性灵说"

三袁及"公安派"的性灵说，由于特能谷抒发真情实感作为评价诗歌优劣的标准，因此打破了传统的轻视民间文学的封建阶级偏见，大大提高了通俗文学的地位。

公安三袁开晚明文风

"公安派"是明代后期出现的文学流派，其文学主张是反对"前七子"和"后七子"的拟古风气，主张"独抒性灵，不拘格套"，因其领袖三人袁氏兄弟均是湖北公安人而得名。其中袁宏道是公安派文学主张的发端者，成绩最大，声誉最高；其次是袁中道，他是"公安派"实际上的领导人物和中坚人物；袁宗道则进一步扩大了"公安派"的影响。这一派作者还有江盈科、陶望龄、黄辉等。

袁宗道字伯修，号石浦，湖广公安（今属湖北）人。27岁时会试第一，历任翰林院庶吉士、编修、右庶子、东宫讲席等职。他在学术上以禅宗思想研究儒学，代表作有游记散文如《戒坛山一》《上方山一》等；简牍散文如《答同社二》《答友人》等；论说文如《读大学》《读论语》等。诗辑入《白苏斋类集》22卷。

袁宏道为袁宗道二弟，字中郎、无学，号石公、六休，生性直爽，喜游山水。中进士后，曾短暂任吴县令、顺天教授、吏部主事、秦中典试等，但均不久即辞职，而与兄袁宗道、弟袁中道遍游江南名胜，钻研学问。传世的有诗歌1700多首，游记、书札、序跋、碑记、传状、日记、杂文等近600篇。成就最大的是山水游记，清新秀俊，自成一家，有《袁中郎全集》行世。

袁中道为袁宗道、袁宏道胞弟，字小修，性格豪爽，喜欢交游，好读佛道两家之书。成年后科场考试，几经落第，于是更加纵情山水、诗酒，学禅悟道。他系统地整理、校对、出版了两位兄长和自己的著作，使"公安派"文风发扬光大，著作有《珂雪斋集》《游居柿录》等。

公安三袁雕塑

"性灵说"发时代新声

"三袁"创立了新的文学流派"公安派",其文学主张是"独抒性灵,不拘格套",发前人之所未发,"言人之所欲言,言人之所不能言,言人之所不敢言",后世将这一主旨定名为"性灵说"。

所谓"性灵",就是作家的个性表现和真情发露,其含义包含性情、个性、诗才。

性情是诗歌的第一要素,而这种性情要表现出诗人独特的个性,"字字古有,言言古无",就是明确提倡创写"有我"之旨,这是性灵说审美价值的核心。然而光有个性、性情是不够的,还应该具备表现这一切的诗才,艺术构思中的灵机与才气、天分与学识要结合并重。

"三袁"主张"出自性灵者为真诗",强调诗歌的"真""趣""淡"。袁宏道曾说"率性所行,是谓真人",认为这是"真性灵"的体现。主张从真实地直率地表达感情的要求出发,非从自己胸臆中流出,则不下笔;在诗歌艺术上提倡自然清新、平易流畅之美,反对雕章琢句、堆砌典故。

125

《金瓶梅》：第一部独立创作的长篇小说

明代后期，社会上出现了一批揭露现实的腐朽和黑暗的小说，《金瓶梅》是其佼佼者。它是第一部文人独立创作的长篇小说，直接描写现实生活，表现世态人情，标志着我国古代小说进入了一个新的阶段。

首开文人独创长篇小说之先河

号称明代第一奇书的《金瓶梅》成书于明代万历前中期，作者署名为"兰陵笑笑生"，这显然是一个化名，究竟真名为何，迄今尚无定论。但"兰陵"今属山东峄县，而且书中有大量的山东方言，以此来看，作者很可能就是山东人。而"笑笑生"的真主儿，曾有王世贞、屠隆、李开先、李渔、冯梦龙、汤显祖、贾三近等多种推测，但是到目前为止，均未得到学界的普遍认同。不过可以得到认同的是，《金瓶梅》是中国第一部文人独立创作的白话长篇小说。

《金瓶梅》的成书与"四大奇书"（《三国演义》《水浒传》《西游记》《金瓶梅》）中的另外三种不同，并非经历了世代积累的过程。事实上，至今未见过一个《金瓶梅》的主要人物和主要情节曾经世代流传过。有信息显示世上出现了《金瓶梅》这部小说，首见于袁宏道、袁中道兄弟的信中，说起董其昌提到"近有一小说，名《金瓶梅》"，可见它刚刚成书，人尚罕知。而《金瓶梅词话》也并非《金瓶梅》的雏形作品，只是在作家独立构思的蓝图上作为"镶嵌"的个别片段。

白话长篇小说发展的里程碑

《金瓶梅》是中国文学史上第一部文人独立创作的长篇小说，也是第一部以家庭生活和世态人情为题材的长篇小说，它是对现实生活的直观描述，主要通过普通人的际遇来反映社会的变迁，具有强烈的现实性，这为此

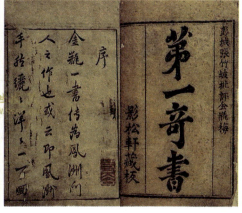

《金瓶梅》书影

后的世情小说开辟了广阔的题材世界。

　　《金瓶梅》表现的是当世的人情世态，展示了一个冷酷无情、弥漫着欲望气息的成人社会，对官场的腐败、世态的炎凉多有揭示，并影射出了人生的聚散离合，标志着我国古代小说的发展进入了一个新的阶段。

　　在叙事结构上，《金瓶梅》从生活的复杂性出发，发展为网状结构。以西门庆一家为中心，辐射到整个社会，使全书组成一个意脉相连、情节相通的生活之网，既千头万绪，又浑然一体。

　　在人物塑造上，小说成功地描绘了一大批市井人物，其中有泼皮无赖、帮闲篾片、娼妓优伶、男奴女婢、和尚道士及三姑六婆之类。一些人物形象美丑并举，写出了人物性格的丰富性、矛盾性和流动性。几个主要人物，如西门庆的贪婪狠毒、潘金莲的泼辣嫉妒等，都富于典型意义，它常常用白描手法，细致入微地揭示人物复杂的内心世界和言行之间的矛盾，从单色调变为多色调，从平面化转向立体化，多方面、多层次地刻画人物性格，达到强烈的讽刺效果。尤其擅长用个性化的语言来刻画人物，神情口吻无不准确生动。

　　在语言艺术上，《金瓶梅》从说书体语言发展为市井口语，它运用鲜活生动的市民口语，充满着浓郁的市井气息，标志着我国古代长篇小说发展的一个飞跃。作为"人情小说"的先河，极大地推动了后代作家的独创性，对后来《红楼梦》一类小说的创作产生了一定的影响。

三言二拍：短篇白话小说的巅峰

中国的白话短篇小说在宋元时期已较为发达，到了明代，文人创作的拟话本大量涌现，标志着这种文体形式的成熟。其中冯梦龙的"三言"和凌濛初的"二拍"是其代表。

经文人加工创作的白话短篇小说总集

"三言二拍"是宋元明三代白话小说总集。三言是指《喻世明言》《警世通言》《醒世恒言》，"二拍"是指《初刻拍案惊奇》《二刻拍案惊奇》。

"三言"的编者为冯梦龙，字犹龙，号如苏诗奴等，江苏苏州人。他在诗文方面的才华极卓越，被誉为"明末通俗文坛第一人"。"三言"包容了旧本的汇辑和新著的创作，有的是他改写的，有的是自己的创作，标志着我国白话短篇小说在说唱艺术的基础上，经过文人的整理加工到文人进行独立创作的开始。

"二拍"的编者是凌濛初，字玄房，号初成、即空观主人，浙江乌成人，历任上海县尉、征川通判，也是明朝通俗文坛的大家。"二拍"是中国文学史上第一部文人独立创作的拟话本小说集。

古典短篇白话小说巅峰之作

"三言二拍"共辑小说 198 篇。宋元话本约占三分之一，大多为明代话本和文人的拟作。其中的明代作品，涉及了当时社会生活的各个方面，小说充满了浓厚的小市民审美情趣。但作者的创作是严肃的，明确表示要通过小说的言来教育人，颇为全面地反映了晚明市民阶层的情感意识、道德观念和价值取向，具有鲜明的时代特征。

"三言二拍"中的主要题材是婚姻爱情生活，提倡男女相互尊重和平等，反映了对新的婚姻爱情观念的追求；同时在很大程度上冲破了礼教之

大防，对男女情爱和情欲给予大力肯定，如《蒋兴哥重会珍珠衫》《卖油郎独占花魁》等。另一类作品揭露了封建势力和传统礼教的虚

冯梦龙邮票

伪与凶残，反映了一直处于被压迫地位的妇女追求自由幸福的强烈愿望，如《杜十娘怒沉百宝箱》《玉堂春落难逢夫》等。

　　"三言二拍"还大胆地揭露官场吏治的腐败黑暗，抨击统治阶级倒行逆施的罪恶本质，同时也体现出清官贤士的正义感和下层人物的反抗精神。如《沈小霞相会出师表》《进香客莽看金刚经》《灌园叟晚逢仙女》等。

　　在艺术上，"三言二拍"作品大多写的是日常生活之事，虽题材平凡、人物普通，但"三言二拍"采用了宋元话本中巧合、误会等基本手法，把情节设计得离奇曲折，并运用复线结构，使悲剧性和喜剧性的情节相互穿插，创造出一种"奇趣"。

　　"三言二拍"最成功的地方表现在人物塑造上，它在细节和心理描写上的精细、独到，善于通过对话和行动来展开情节和表现人物性格。如杜十娘、秦重、莘瑶琴等，都给人留下了非常深刻的印象。

　　"三言二拍"的语言具有大众化、通俗化的特点，但又经过了提炼加工，已经突破了说话人的话本模式，而重塑了一种专供普通人案头阅读的、白话短篇小说的文体，看似不加雕饰、质朴自然的大白话，但很有个性化和造像功能，颇得传神写照之妙，极富感染力和表现力。

　　"三言二拍"是中国古典短篇白话小说的巅峰之作，一回一个世俗小故事，堪称现代花边杂志的始祖。

汤显祖的"临川四梦"

汤显祖所处的时代，文坛为拟古思潮所左右，继承"前七子"的"后七子"声威很盛。汤显祖对这些"文必秦汉，诗必盛唐"的主张不满，强调文章之妙在于"自然灵气"，不在步趋形似之间。

偏州浪士，盛世遗民

汤显祖，字义仍，号若士，江西临川人。他 14 岁入县学，21 岁中举，是声名鹊起的青年才俊。但后来他四次赴京会试，都因官场的腐败和党派斗争而未中进士。这对汤显祖打击很大，使他作出了坚守一生的选择。他"掩门自贞"，只任无关紧要的闲职，先后 8 年任南京太常寺博士、南京詹事府主簿、南京礼部祠祭司主事，大部分时间都闭门读书，从事诗文的创作。但又由于他异常反感官场的龌龊倾轧，开始批评时政，于是遭到贬官，发配到雷州半岛的徐闻。后由于朝中有人斡旋，才得以离开贬所，到浙江遂昌任知县，一待就是 6 年。

汤显祖画像

汤显祖 49 岁时，终于毅然辞职，回到了老家临川，在城里构筑了玉茗堂。他废寝忘食，昼夜笔耕，就在这一年，他的旷世名作《牡丹亭》一剧终于脱稿成书了。此剧一经问世，以昆剧《牡丹亭》在全国各地演唱，数百年来一直传唱不衰。

汤显祖晚年潜心佛学，自称"偏

州浪士，盛世遗民"，又以"茧翁"自号。66 岁时溘然而逝。

"临川四梦"将戏剧创作推向高峰

汤显祖的文学和戏剧成就，以 4 部传奇剧作《紫钗记》《邯郸记》《南柯记》《牡丹亭》为代表，合称"临川四梦"。"四梦"中《牡丹亭》《紫钗记》是儿女风情戏，《邯郸记》《南柯记》是官场现形戏或政治问题戏。或许"四剧"皆有梦境，才有"临川四梦"之说，或许"四剧"本身就是其毕生心血凝聚成的人生之梦。

"临川四梦"单从文学角度而言，即可列为中国文学最杰出的作品；而从戏曲文学及舞台演出剧本的角度，其艺术成就之高，对人生命运挖掘之深，对角色内心刻画之细，说它无与伦比并不为过。

《牡丹亭》古本插图

"四梦"中尤其以《牡丹亭》流传最广，最具有感人力量，既是一部追求自由之爱的颂歌，也是一部鼓吹青春觉醒的颂歌，全剧洋溢着追求个人幸福、反对封建制度的浪漫主义理想。剧本也大大超越了以往剧作把爱情描写仅仅停留在反对父母之命和封建礼教的狭隘层面，深刻地解剖了人性从压抑到苏醒、爱情从禁锢到解放的过程，反映了备受礼教摧残的广大女性要求主宰自己命运、实现生命价值的强烈呼声，显示出在新的时代思潮中的进步光华。

从审美倾向上看，"四梦"中，风情戏中的儿女情往往是真善爱的体现，主要寄寓着作者对人生的肯定与期望。如霍小玉爱郎、盼郎乃至恨郎的过程推进，都为我们树立起了这一痴情女的正面形象与可贵风采。而政治戏始终以揭露和批判作为审丑手段，表现了对无可救药的生存环境之痛心疾首。如《邯郸记》中自上而下，权贵者无一不贪婪，发迹者无一不腐败。

"四梦"中的人物塑造极为成功，人物刻画得鲜明而生动、栩栩如生，具有鲜明的性格特征和深刻的文化蕴含。同时，汤显祖既善于在逐步推进的矛盾冲突发展过程中来揭示人物不断发展的性格，又能深入人物的内心世界，发掘其细密幽微的情感。

"临川四梦"的艺术特色，还在于语言风格的运用。汤显祖继承了元杂剧语言"当行本色"的传统，又将文人辞赋、古典诗词的清丽精工融入其中，将真切自然与华采空灵相结合，锤炼出一种绮丽华艳而不失典雅蕴藉的戏曲语言，使之成为案头典籍与台上表演两擅其美的典范。

汤显祖作为明代成就最高、影响最大的剧作家，其"临川四梦"达到了同时代戏剧创作的高峰。以《牡丹亭》为代表的"临川四梦"相继问世后，受到了各方面的关注与重视，数百年来一直传唱不衰，产生了广泛而深远的影响，后世的学者将汤显祖与西方的戏剧大师莎士比亚相提并论，颂扬他们对人类戏剧史所作出的卓越贡献。

第十章
清初文学
（1644－1723 年）

　　明清之交，持续抗争战乱频发，被称为天崩地裂的时代，此时的文字，充满了暴力、破坏、灭裂的意向。明亡清兴，有人认为是国族与文化的危机存亡关键，遂重新勾起华夷之辨。

　　当然，清朝之所以能巩固其政权，是因为绝大多数人接受了改朝换代的事实。但死国烈士、孤臣孽子、草野遗民，却对当时后世有特殊的吸引。他们代表的忠节，被提升延伸，纳入了各种不同的"大题目"。

　　　　　　　　　——《剑桥中国文学史》

艺术天才李渔

清代戏曲理论的著作很多，多集中在韵律、辞藻和考证方面，在创作实践和舞台演出方面提出较多可贵意见的当推李渔，他还创作了传奇《风筝误》、白话短篇小说集《无声戏》、戏曲理论《闲情偶寄》等大量作品。

多产高能的艺术天才

李渔，初名仙侣，字谪凡，号笠翁，祖籍浙江金华府兰溪县夏李村。李渔自幼聪颖，被誉为才子；但是，他的科考之路，却随着朝代的更迭而覆灭。1645年，清兵攻入江南，李渔被迫回到了兰溪，在伊山头搭建一座草堂，取名"伊山别业"，决心在此隐居终生。但在40岁时，李渔因与人发生诉讼官司，毅然举家移往杭州。

李渔来到杭州，发现这里的人们对戏剧、小说都有着浓厚的兴趣，于是便开始了自己的创作生涯。数年间，他以旺盛的创作力，连续写出了《风筝误》《玉搔头》等6部传奇及《无声戏》《十二楼》2部白话短篇小说集。这些作品通俗易懂，寓教于乐，所以一经问世便被争购一空。

1662年前后，李渔告别杭州，来到了六朝古都南京，开始了他文化事业上的全新时期。几年间李渔先后获得乔、王二姬，对其细心调教后组建了家庭戏班，巡回于各地演出，收入颇丰。同时，李渔的文学创作进入最丰产的时期，《闲情偶寄》完成并付梓，并创作了《怜香伴》《凰求凤》等大量剧本。他把10个剧本合称《笠翁十种曲》出版发行，此书一经问世，便洛阳纸贵，被当时的戏剧界推为"所制词曲，为本朝第一"。

1680年，李渔去世，享年70岁。

戏剧美学的理论专著

李渔是高产多能的作家，所著的戏曲，流传下来的有《笠翁十种曲》中的 10 种及《万年欢》《偷甲记》等 9 种。其中，演出最多的是《风筝误》一剧。此外，有白话短篇小说集《连城璧》《十二楼》、长篇小说《合锦回文传》《肉蒲团》以及杂著《闲情偶寄》等。

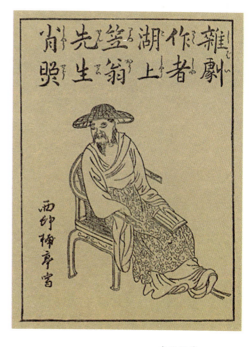

李渔画像

李渔的小说故事新鲜，情节奇特，努力发现"前人未见之事"，一意求新，布局巧妙，语言生动，内容多反映了对贫穷百姓的同情，歌颂男女青年恋爱婚姻自主，重在劝善惩恶，谴责父母之命、媒妁之言，批判假道学，是清代白话短篇小说中的上乘之作。

同时，李渔的戏剧《十种曲》，全是才子佳人的爱情故事，而且喜剧色彩十分浓郁。因此他也成为中国戏剧史上第一个，也是唯一专门从事喜剧创作的作家，被后人推为"世界喜剧大师"。

另外，李渔扭转了之前戏曲创作上重"曲"轻"剧"，重填词轻宾白的风气，他在创作中十分重视运用宾白来加强舞台演出效果，主张"传奇不比文章，文章做与读书人看，故不怪其深，戏文做与读书人与不读书人看，又与不读书之妇女小儿同看，故贵浅不贵深"，因此"填词之设，专为登场"。

李渔的《闲情偶寄》是中国历史上第一部系统的戏剧理论著作，也是中国戏剧美学史上的一座里程碑，其中关于导演的论述，更是世界戏剧史上第一部真正的导演学著作。

清词三大家

康熙十八年，朝廷开设博学鸿词科，不久"三藩"叛乱平定，标志着清政权进入稳固期，词坛重心也开始转移到北京，一时间，南北词人荟萃帝都，形成群雄纷起的局面。

康熙词坛三鼎足

"康熙词坛三鼎足"是指生活于清康熙年间的三位著名词人纳兰性德、朱彝尊和陈维崧，由于后代学者多认为康熙词坛为清代词坛最盛期，因此又被称为"清词三大家"。

婉约大家纳兰性德

纳兰性德画像

纳兰性德，字容若，号楞伽山人。自幼天资聪颖，17 岁入太学读书，22 岁时考中二甲第七名，被授御前侍卫，随康熙帝游历四方，参与重要的战略侦察；随皇帝唱和诗词，译制著述，多受恩赏。但是，官场的尔虞我诈与词人的真性情构成一种常人难以体察的矛盾；加之爱妻早亡，以及文学挚友的聚散，使纳兰性德陷入深深的困惑与悲观中。忧郁成疾，溘然而逝，年仅 30 岁。

纳兰性德虽年轻早逝，但却作为词坛奇才著称当世。24 岁时，他把自己的词作编选成集，名为《侧帽集》。后人又加以增补，取名为《纳兰词》，共 342 首。

纳兰性德的词，代表了清代婉约词的最高水平，并可与宋代婉约名家相媲美，是康熙时代乃至清代词坛的杰出代表之一。纳兰词的内容涉及爱情友谊、边塞江南、咏物咏史及杂感等方面，写景状物关于水、荷尤多。语言风格清新自然、隽秀哀艳，是词人中少见的，这得益于他善于从生活中发现美，并以此创造美、抒发美的敏锐高超艺术智慧的自然流露。

朱彝尊开创浙西词派

朱彝尊，字锡鬯，号竹垞、金风亭长，秀水（今浙江嘉兴市）人。少时聪慧绝人，过目不忘。虽家境贫寒，但他依然攻读不辍。当他到南北各地游历时，每见有废墟冢墓之文、祠堂佛刹之记，无不搜剔考证。由于他根底扎实，治学严谨，终成一代大学者。50岁时入选博学鸿词科，任翰林院检讨，入南书房参与修撰《明史》。

朱彝尊博通经史，尤好诗词古文，为浙西词派的创始人，与王士禛同为诗坛领袖，合称为"南朱北王"。其著述甚丰，著有《经义考》《日下旧闻》等，编有《明诗综》《词综》等。朱彝尊讲求格律工严，用字致密清新，因此朱词意境醇雅净亮，极为精巧。多写景抒情之作，风格清丽，开创清词新格局；还有一部分怀古、咏史之作，颇有苍凉之意；另有部分短小的写景诗和歌谣体的诗，像《永嘉杂诗二十首》《鸳鸯湖棹歌一百首》，也写得较为轻灵。

词才瑰伟的陈维崧

陈维崧，字其年，号迦陵，宜兴（今属江苏）人，出身讲究气节的文学世家，少时作文敏捷，词采瑰伟，被誉为"江左三凤凰"之一。明亡时，陈维崧才20岁，入清后补为诸生，后举博学鸿词科，授翰林院检讨，54岁时参与修纂《明史》，58岁卒于任所。

陈维崧一生创作了大量的词，现存的《湖海楼词》尚有1600多首，补遗200多首。内容多能注重反映社会现实，把历史故事、眼前新事、画面景色全都摄纳词中。陈词风格豪迈奔放，颇近苏、辛；但又兼有清真娴雅之作，能将不同风格熔于一炉，而能抒写自如。更可贵的是，陈维崧以口语入词，显示出运用多种艺术手法的特点。

桐城派 "四祖"

清初，方以智、钱澄之等人致力于古文振兴，开桐城派先河。戴名世是桐城派孕育过程的继往开来者，他提出了"言有物""修辞立其诚"的见解，实为桐城派理论的先驱，桐城派的创作一直持续到清末。

继承中华传统文风的 "桐城派"

"桐城派"以桐城地域命名，也称"桐城古文派"，是我国清代文坛上最大的散文流派。主盟清代文坛从康熙时一直绵延至清末200余年；地域上绝不仅限于桐城，而是遍及国内多个省市。主要人物戴名世、方苞、刘大櫆、姚鼐被誉为"四祖"，此外，还包括他们的弟子门人和崇拜追随者计1200余人，以其源远流长的文统，博大精深的文论，丰厚清正的著述，风靡全国，享誉海外，影响延及近、当代，在中国古代文学史上占有显赫地位。

先驱者戴名世

戴名世，字田有，号药身，晚号南山先生。自幼好古文，善文辞，20岁授徒养亲，27岁所作时文为天下传诵，以贡生补正兰旗教习，授知县，因愤于"斯世无可与语"而不就，游历于南北各地。欲写出一部有价值的明史，为了广泛搜罗资料，参证求实，他广游各地搜求明代逸事，不遗余力地访问故老、考证野史，才有了著名的《南山集》。但却被人诬陷其中引述南明抗清事迹，"倒置是非，语多狂悖"，被捕入狱；两年后被处死，时年60岁，史称"南山案"。

戴名世多负文才，尤以史才著称，《南山集》是他散文中史传文学的代表作，从中可以看出戴名世的文学成就和著作思想。他认为作文当以"精、神、气"为主，首先在于言之有物，语言文字为次；文章要能传神，关键在于"义理"，而"语气"则是从属之物。

138

在艺术技巧上，戴名世认为"自然之文"才是文章的最高标准，因此提倡平易自然，反对藻饰剽窃，只有"精""神"兼备，才能使文章达到"自然"的境界。同时，他又指出作文必须"道、法、辞"三者均备，即思想内容、结构法则与语言应当完美结合，三者缺一不可。

戴名世所有这些主张，都为桐城派的形成奠定了相当的理论基础。

奠基者方苞

方苞，字凤九，一字灵皋，号望溪，安徽桐城人，康熙进士。因戴名世《南山集》案受株连获刑入狱。出狱后，以平民身份受到康熙的邀请，进入南书房作文学侍从。后来方苞受到器重，做了武英殿修书总裁。到了雍正时期，又任礼部侍郎，加封为内阁学士。乾隆登基后，再一次进入南书房。方苞晚年叶落归根，在家中安心著书，在82岁时病故。

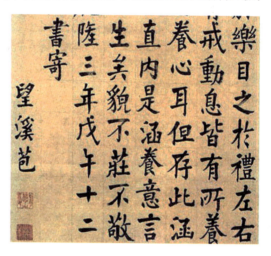

方苞书法

方苞是桐城派散文的创始人，他尊奉程朱理学和唐宋散文，倡导文以载道，"道""文"统一，并最先提出"义法"："义"即"言物"，指文章的思想内容；"法"即"言有序"，指文章的形式技巧。另外，方苞主张散文语言要"清真雅正""雅洁"，去"冗辞""一字不可增减"。这对矫正明末清初"辞繁而芜，句佻且稚"的文风，促进散文的发展方面也起了一定的作用。

方苞著有《望溪先生文集》18卷，《集外文》10卷，《集外文补遗》2卷。

继承发展者刘大櫆

刘大櫆，字才甫、耕南，号海峰。早年有志于功名，但屡次科考皆不获举，最后仅被任为黟县教谕，没几年便告老还乡。晚年隐居枞阳，以耕读自娱。

刘大櫆是桐派承前启后的人物。他有深厚的古文功底，曾师从方苞而继承其古文义法，总结和发展了桐城派散文理论，"融诸家为一体"，既肯定内容的重要性，也讲究结构、法度和技巧；强调神气、音节、字句的统一，重视散文的艺术表现。后来，他将这些理论传之弟子姚鼐。刘大櫆著有《论文偶记》，气势恣肆，雄豪壮阔，从而为古代散文开拓新的艺术境界。

集大成者姚鼐

姚鼐画像

姚鼐，字姬传、梦谷，勤于文章，诗文双绝。乾隆年进士，授庶吉士，曾任《四库全书》馆纂修官。后辞官归里，以授徒为生，先后主讲扬州梅花书院、安庆敬敷书院、歙县紫阳书院、南京钟山书院，培养了一大批学生弟子。

姚鼐文宗方苞，师承刘大櫆，为桐城派散文之集大成者。他在"文理、考据、辞章"三者不可偏废的基础上，主张"有所法而后能，有所变而后大"，又在学习方法上，提出"神、理、气、味、格、律、声、色"古文八要，并说："神、理、气、味者，文之精也；格、律、声、色者，文之粗也。然苟舍其粗，则精者亦胡以寓焉？"进一步发展和完善了桐城派文论。

《聊斋志异》风行天下

1679年，《聊斋志异》青柯亭刊本一出，风行天下，到《红楼梦》问世，这个势头也未减弱。影响更大的是，它引起不少作者竞相追随仿作，由此，文言小说出现了再度蔚兴的局面。

一生挣扎于科举之中

蒲松龄，字留仙，号柳泉，山东淄川人。自幼勤于攻读，文思敏捷，19岁初应童子试，便以县、府、道三试第一进学；但在此后却屡应乡试不中。蒲松龄志在搏得一第，常与同学研讨时艺，却无暇顾及家计，加上子女众多，生活常常陷入窘境。31岁时曾南游做幕僚，但因不甘人下，仅一年便而辞幕返家。

此后数年间，蒲松龄或于本县缙绅之家做塾师，或代拟、誊抄文稿以养家糊口。进入本县大乡绅毕际家坐馆时，颇受毕氏礼遇，他生活得非常安适。日常主要内容就是读书、教书和写作，并时时准备继续科考。如此，他在毕家长达30年，也在科举道路上挣扎了大半生，直到年逾古稀，方才援例得了个岁贡生的科名，但几年后他就去世了。

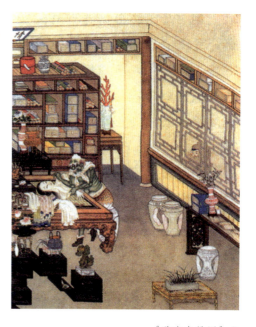

《聊斋志异图》之《画皮》

狐仙鬼魂的奇幻世界

蒲松龄是一个标准的穷书生，他一生的文学生涯，都在文士的雅文学和民众的俗文学之间摇摆。如其诗词文集《聊斋文集》和短篇小说集《聊斋志异》文雅可观；而用当地民间曲调和方言土语创作出的聊斋俚曲、与百姓生活密切相关的一系列聊斋杂著语言则极其通俗。

蒲松龄在读书、教学之余，喜欢搜集志怪故事，在此基础上，他加以再创作，融入了自己的生活体验和思想感情。后来，他将大半生陆续写作成的篇章结集成册，定名为《聊斋志异》。

《聊斋志异》的内容主要包括几大类：一是才子佳人式的爱情故事；二是人与人或鬼狐仙怪之间的友情故事；三是反映对黑暗社会现实的反抗故事；四是讽刺不良品行的训诫故事。

蒲松龄一生身居百姓之间，深知民间疾苦，因此《聊斋志异》中题材虽为谈鬼说狐，却最贴近社会人生。作者有意将幻异境界与现实社会联结在一起，使作品既驰骋天外，又立足现实；既充满了浓郁的浪漫气息，又蕴含深厚的生活内容。

在艺术上，《聊斋志异》继承了魏晋志怪和唐人传奇的优秀传统，并且从史传文学、白话小说中汲取了有益的营养，兼采众体之长而形成了自己独特的艺术风格，代表了我国古代文言小说已经达到了极高的水平。

《聊斋志异》的主要艺术成就，还在于成功塑造了大量的非现实性艺术形象。在小说中，作者以他们作为"人"的社会性表现为核心，巧妙地融合进"物"的自然属性或幻想属性。这样，这些花妖狐魅多具人情、和蔼可亲，成为一种人性和物性复合统一的艺术形象，蕴含着他们本体的固有气质和超现实的神异性，使人忘其为异类，又可望而不可即，大大增强了形象的美感。

《聊斋志异》的情节离奇曲折，幻诞诡谲；而语言做到了文言体式与民间口语的高度统一，创造出优美典雅、精练传神、清新活泼的近乎口语的古文，读来给人生动、真切之感。

《聊斋志异》在艺术上代表着中国文言短篇小说的最高成就，它用浪漫主义的创作方法，描绘鬼狐世界，反映现实生活，这种创作理念和表现手法对后世许多文学大师都产生了影响。

洪昇和他的《长生殿》

1704年，洪昇应江南提督张云翼的邀请来到松江，特意召集宾客，选了几十名好演员，上演《长生殿》。曹雪芹的爷爷曹寅听说后，又把洪昇请到南京，遍请江南江北的名士，举行了一个盛大的宴会，空前排演《长生殿》。

漂流孤独的艺术家

洪昇，字方思，号稗畦，浙江钱塘人。他出生的前一年，明王朝被满清所覆灭。洪昇的青少年时期，浙江是反清斗争比较激烈的区域之一，因此他亲眼目睹了时局的动荡和人民的苦难。他25岁以前曾到过北京，后因家人受到牵连而遭官府搜捕，弟兄都流落在外。

洪昇再次北上后，在京城的国子监做小监生（类似小办事员）的官职，这期间，他开始了文学创作。在继承白居易《长恨歌》及元代剧作家白朴的《梧桐雨》和《长恨歌传》《杨太真外传》的基础上，历经十数年，三易其稿，终于在他41岁的时候创作完成了《长生殿》昆曲的剧本。次年，洪昇因在佟皇后丧期在自家院内排练《长生殿》，被人告密而锒铛入狱。

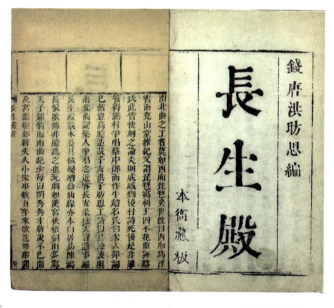

《长生殿》古本

10年后洪昇才得以出狱，此时无家无业、一文不名，只得靠朋友凑钱，买舟沿运河南下。途中路过豪绅曹寅（曹雪芹之祖父）家，被盛情挽留，于是曹寅邀请来当时的昆剧名班，在府中排演《长生殿》。当曹府在堂会时上演《长生殿》的消息传开，四方名士齐聚于此，连续 3 天才演完，空前轰动。

洪昇自此经常被朋友请客吃酒，但可谓乐极生悲，一次在浙江吴兴夜醉泛舟时不慎落入水中，一代才子竟溺水而亡。

"千百年来曲中巨擘"《长生殿》

洪昇的《长生殿》是一部爱情悲剧的巨作，取材于唐明皇李隆基与杨贵妃的爱情故事。但洪昇又加以发挥，虽然也对皇帝昏庸、政治腐败给国家带来巨大灾难进行强烈谴责，但重点却在于展现李、杨之间的真挚爱情。

《长生殿》剧本的艺术成就，还在于洪昇对人物的塑造非常成功。除唐明皇和杨贵妃两个主角形象鲜明、性格突出之外，还有郭子仪和雷海青两个正面人物形象。尤其雷海青，虽只是个普通的乐工，但在敌人面前却坚贞不屈，正气凛然，他掷琵琶打安禄山，壮烈牺牲。

《长生殿》还体现了现实主义与浪漫主义两种手法的运用，在第二十五出之前，主要用现实主义手法；在第二十六出之后，主要用浪漫主义手法。两种手法交相辉映，使作品呈现出一种奇幻迷离的色彩。

《长生殿》的词曲俱佳，严格地按照曲律填词，使整个音乐布局与曲辞密切配合，风格各异，与人物场景配合得恰如其分。杨玉环酒醉后用《南扑灯蛾》曲"宛然一幅醉杨妃图"；郭子仪唱用北曲，则显得雄浑激昂。

洪昇的《长生殿》是康熙年间戏剧的杰出作品，它和孔尚任的《桃花扇》两部集大成式的重要昆曲作品相继问世，标志着新一轮昆曲创作高潮的到来。

《桃花扇》：古典戏剧最后的杰作

孔尚任早年在家乡时，就听到过"李香君血溅诗扇"及南明王朝灭亡的故事，感慨颇多，萌发了"借离合之情，写兴亡之感"的创作冲动，这就有了《桃花扇》最初的构思。

圣人后裔，悲剧名家

《桃花扇》是继《长生殿》之后问世并负盛名的一部政治历史悲剧。作者为孔尚任。

孔尚任，字聘之、季重，号东塘，山东曲阜人，为孔子 64 代孙。孔尚任自幼即留意礼、乐、兵、农等学问，还考证过乐律。少年时代和就读石门时期对南明兴亡的历史十分注意，曾听前辈人讲述李香君的故事，很感兴趣。青年时代，孔尚任曾努力争取由科举进入仕途，却未能如愿。1683 年，康熙皇帝第一次南巡，过曲阜时祭祀孔子，孔尚任

清彩绘本《桃花扇》

被推举在御前讲经，受到康熙的褒奖，指定吏部破格任用为国子监博士。

1686 年，孔尚任受命随同工部侍郎去治理淮河，驻淮扬，游金陵，丰富了人生阅历，结交了不少前朝遗老，常听到他们缅怀往事，感慨兴亡，尤其听他们更加有声有色地讲述李香君的故事，为日后创作《桃花扇》积累了素材，并在感动中生发了创作欲望。

1690 年，孔尚任返北京后，又做了多年的国子监博士，才转为户部官员。由于看透了宦海风波和污浊现实，于是在业余开始写起了《桃花扇》。经过 10 多年的艰辛努力，三易其稿，这部不朽的名剧才定稿完成。之后一些王公

官员竞相借抄,引起朝野轰动,康熙帝也索去阅览。因《桃花扇》颂扬了史可法、左良玉等明朝抗清人物,不久,他就被借故罢了官,回曲阜老家去了。

1718年,孔尚任于家中去世,享年71岁。

明清传奇戏曲压轴之作

《桃花扇》是一部最接近历史真实的剧作。此剧表现了明末时以侯方域、吴次尾、陈定生等复社文人为代表的"清流"与阮大铖和马士英为代表的"权奸"之间的斗争,反映了当时的社会面貌,并深刻揭露了南明王朝政治的腐败和灭亡原因。

《桃花扇》在艺术上有着很高的造诣,它是通过男女主人公的悲欢离合串演一代兴亡的历史剧创作,达到了新的艺术高度。剧中人物的构思与描写颇具匠心,虽然人物形象众多,但人各一面,性格不一。如崇尚气节具有敏锐政治眼光的李香君、热心侠义的柳敬亭、慷慨捐躯的史可法、风流而懦弱的侯方域,都有着不同的内心世界和音容笑貌。这说明,孔尚任对人物性格的刻画有着更自觉的意识,从而在剧中营造出生动的场面和气氛。

尤其独具匠心的是,孔尚任将侯方域、李香君的爱情和命运,通过他们的定情之物桃花扇,把一部讲南明兴亡史庞大内容的戏剧情节有机地贯串在一起。成功地把爱情描写和政治斗争紧密地结合起来,使戏剧结构具有宏大、富于独创性的特点,把传统的爱情剧和时事剧都提高到了新的高度。

《桃花扇》在语言上,既有戏剧的表演性又富于文采,达到了戏剧性与文学性的统一。作者写出了许多有强烈抒情色彩的曲辞,还有个性化而生动的宾白,这在古代传奇中也非常罕见。

《桃花扇》是一部杰出的戏剧著作,它不仅是明清传奇戏曲的压轴之作,也成为中国古代戏剧史上的一座丰碑。

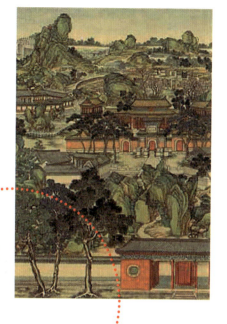

第十一章
文人的时代及其终结
（1723 — 1840 年）

　　我们大概可以把乾隆朝描述为这样一个时代，它的文学史轨迹仍然是文人来塑造的，虽然他们的努力，并不都很成功，中国文学至少自唐代以来，大致都可以这样来概括。但对于乾隆之后的时代，显然已不再适用了，换言之，盛清时期正是传统人文文化的尾声。

　　正如我们在清代的一些小说中所看到的那样，当时文人群体中的佼佼者，在审视自己珍视的价值和理想，以及那些支撑着他们的写作和道德想象的思想时，发展出了何等敏锐的批判意识。这种意识的养成之所以重要，是因为他们的动力来自社会内部……

　　　　　　——《剑桥中国文学史》

乾隆朝第一诗人黄景仁

黄景仁一生充满悲哀和困顿，但他个性倔强，常常发出不平的感慨，其诗在乾隆一朝独树一帜，被誉为"声称噪一时，乾隆六十年间，论诗者推为第一"，在同代及后世都产生了广泛而深远的影响。

江南才子，豪士风范

黄景仁，字汉镛、仲则，号鹿菲子，常州府武进县（今江苏省常州市武进县）人。出生于高淳学署，4岁丧父，由祖父母抚养；后随祖父回到常州，居住在白云溪上游，安心读书。14岁开始写诗，15岁参加童子试，名列第一。一年后，黄景仁授补博士弟子员，在宜兴、沉里读书时与洪亮吉结交，从此专心于诗，同时客游四方谋生以奉养老母。20岁参加江宁乡试，并成为湖南按察使王太岳的幕宾，后又为太平知府沈业富的幕宾，在安徽学政于朱筠，幕中校勘文章。

黄景仁23岁那年，拜朱筠为师。因在太白楼聚会中立笔成诗而名声大噪，士子都争相模仿其诗。但黄景仁却感觉自己的诗缺乏幽、并之地的豪侠之风，于是在27岁赶赴京城，同年著成《两当轩集》。次年，应乾隆帝东巡召试获取二等，被授任武英殿书签官。之后多年他又周游南北各地，32岁到达西安，被陕西巡抚毕沅荐为县丞。但他只过了半年便重返北京，任吏部官员。两年后在山东不幸突发疾病去世，年仅34岁。

乾隆朝第一诗人

黄景仁短暂的人生，都是在悲哀和困顿中度过的，但他的诗极负盛名，与王昙并称"二仲"，和洪亮吉并称"二俊"，为毗陵七子之一。他的七言诗极有特色，亦能词，著有《两当轩集》《西蠡印稿》，被誉为"乾隆朝第一诗人"。

黄景仁在性格上，与李白一样倔强，因此诗风也较类似，是学太白而真能得其神者。黄诗多抒发穷愁不遇、寂寞凄怆之情怀，也有愤世嫉俗的篇章，情调比较感伤低沉；但这类作品又最能体现其诗文成就，虽沉郁苍凉，但语调清新，感情真挚动人。此外，黄景仁的爱情诗则写得缠绵悱恻、掩抑低徊；咏史诗充满慷慨豪迈之气，别出新意；而山水诗或描写人情世态的诗篇则细致生动。

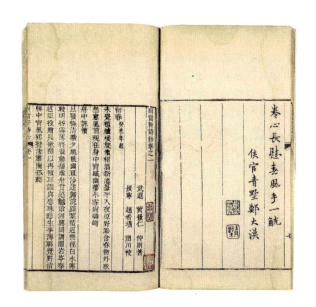

黄景仁的诗风，突出表现在常用"月""酒""秋""鹤"等意象，并加以深化。"月"在黄诗中并非作为恬静闲适的象征，而是衬托孤寂、寄托愤激、渲染郁结的背景；"酒"则用以浇愁表狂、遣情忘世；而"秋"则寓意客观现实，营造出他诗中特有的肃杀、萧条、凋败之氛；黄诗中的"鹤"多为"独鹤""病鹤""笼鹤""雨鹤"，遗世独立、孤愤难遣之意自显。

黄景仁善于运用比兴寄托的手法，或以景寄情，或索物托情。同时，他善于运用语典和事典，并善于借鉴前人诗词的精华之处，尤其是唐人诗句，既能摄前人诗之意韵，又能臻"若自己出"之境。

性灵派三大家

清代是我国古典诗歌最后一个绚烂多彩的时代，在诸多清诗流派中，性灵派是最能代表"清诗"风貌的。性灵派主将袁枚、副将赵翼、殿军张问陶，共同支撑起乾嘉时期创作队伍庞大的性灵派。

乾嘉"性灵派三大家"

清代是我国最后一个封建王朝，也是我国古典诗歌最后一个光彩照人的时代，众多的优秀诗人分门立派，创作出内容丰富、风格多变的诗词作品，开创了抗衡唐宋、超越元明的诗坛新貌。

在清代诸多的诗歌流派中，最能代表"清诗"面目、最有价值的当属"性灵派"了。袁枚、赵翼、张问陶三位主将支撑起了乾嘉时期"性灵派"的大旗，诸多诗人趋向从之，形成了庞大的"性灵"队伍，为使文学尤其是诗歌创作扫除模拟复古的风气，回归表现真情、个性的健康轨道，发扬开辟新径的创造精神，作出了卓越贡献。因此，将他们三人并称为清代乾嘉"性灵派三大家"。

袁 枚

袁枚，字子才，号简斋，浙江钱塘（今杭州）人。乾隆初进士，入翰林，历任溧水、沭阳、江浦、江宁知县等。后辞官定居南京小仓山，他在这里构筑随园、著文赋诗，过了近50年的闲适自在的生活。82岁去世后，被葬于南京百步坡。

袁枚一生，除了为官时赢得贤名清誉之外，还写下了大量的文学著作，有《小仓房诗文集》《随园诗话》《随园随笔》和笔记小说《子不语》等。

袁枚在创作中，推崇三袁的"性灵说"，主张诗应该抒写性情。在《随园诗话》中，部分诗篇对汉儒和程朱理学提出异议。在语言上，他主张词贵自然，直抒胸臆，反对一味泥古，强调自创新意。其散文代表作《祭妹文》哀婉真挚，流传久远。

袁枚不仅从事诗文著述，还致力于发现人才，奖掖后进，为当时诗坛所宗，被誉为性灵派主将。

赵 翼

赵翼，字云崧，号瓯北，江苏阳湖（今常州）人。乾隆二十六年进士，授翰林院编修，曾任镇安知府、广州知府、贵西兵备道，后辞官归乡，在扬州主讲于安定书院。嘉庆十九年去世，享年 68 岁。

赵翼也是“性灵”说的倡导者，反对明代前、后七子的复古倾向，主张创新。著有《瓯北诗话》，系统地评论李白、杜甫、韩愈、白居易、苏轼、陆游、元好问、高启、吴伟业、查慎行等十家诗，重视诗家的创新，立论全面、允当。

赵翼现存诗 4800 多首，他最有特色的是五言古诗。如《古诗十九首》《杂题八首》《后园居诗》等，或嘲讽理学，或隐寓对社会的批评，或阐述人生哲理，思想颇为新颖；造句、对仗方面颇见功力，语言浅近流畅。

张问陶

张问陶，字仲冶，号船山，四川遂宁人。乾隆五十五年进士，曾任翰林院检讨、江南道监察御史、莱州知府等。后称病辞官，嘉庆十九年病逝，享年71 岁。

张问陶一生致力于诗、书、画，造诣精深，是元明清巴蜀第一大诗人，其诗被誉为清代“蜀中之冠”，今存诗 3500 余首。他反对拟古，强调独创，主张抒写性情，诗作多描写日常生活。一些纪游、写景、题画之作都是诗中佳品，如《嘉定舟中》《瞿塘峡》《题李墨庄前辈归槎图》等，都表现了他独特的思想个性和艺术风格。

《儒林外史》：古代讽刺文学的巅峰

18世纪中叶，我国文坛出现了一部伟大的作品《儒林外史》，作者为安徽全椒人吴敬梓。当他的灵柩运往南京时，有人感叹"著书寿千秋，岂在骨与肌"。《儒林外史》为吴敬梓赢得了不朽的名声。

坎坷磊落的文人

吴敬梓，字敏轩，安徽全椒县人。出身官宦之家，他的祖辈大多为官，其曾祖是顺治年间的探花。家境走下坡路，是在他父辈时。吴敬梓十分聪慧，被乡里视为神童，曾随四处为官的父亲各地游历，见识广博。他很早就考中了秀才，然而此后的科举之路却异常坎坷。吴敬梓23岁时，父亲病故，由于他不善经营生计，又乐善好施，很快便把父亲留下的财产花光。33岁时迁到南京居住，虽然经济拮据，但仍喜欢交游，从与文朋诗友的交往中，接触到进步的思想；同时在与名流、清客、官僚、士绅的接触中，逐渐看透了他们中的一些人的龌龊心理。特别是他由富转贫的身世，使他饱尝世态炎凉、人情如纸，认清了当时的社会本质，从而视富贵如粪土，而以"一事差堪喜，侯门未曳裾"聊以自慰，并发出这样的质问："如何父师训，专储制举才？"

吴敬梓36岁时，安徽巡抚荐举他应博学鸿词考试，但他以患病推辞，从此不再应考。但他的生活却更为艰难，靠卖书和朋友的接济过活。54岁时，在扬州结束了他穷愁潦倒的一生。

封建社会的"照妖镜"

吴敬梓一生创作了大量的诗歌、散文和史学研究著作，有《文木山房诗文集》12卷（今存4卷）。不过，确立他在中国文学史上杰出地位的，是他创作的长篇讽刺小说《儒林外史》。

《儒林外史》的内容是连缀许多故事而成的长篇。以现实主义的笔法，

吴敬梓雕塑及其小说人物浮雕

站在俯视整个封建文化的高度，揭示了在科举制度统治下知识阶层精神道德和文化教育的腐朽糜烂。通过描写儒林文士们在追求功名利禄过程中的"性情"、"心术"，形象地绘制出他们丑恶的精神面貌和败坏的道德风尚，可以说，《儒林外史》是一面封建社会的"照妖镜"。

　　吴敬梓在塑造人物方面，以真实为最高原则，成功塑造出了封建文士、官僚富绅、市井泼皮等各类人物，他们的无耻行为既合乎情理，而又真实生动。吴敬梓还深入人物的情感世界，写出了情感和理性的矛盾。值得注意的是，小说中的一些否定性人物不是平面定型的，而是立体流动的状态，由于所处的环境特殊，或因地位升迁、或受环境污染而变异，因此很难简单地归为好人或坏人。

　　同时，《儒林外史》改变了传统小说中说书人的评述模式，采取了第三人称隐身人的客观观察的叙事方式，由人物形象自己呈现在读者面前，丰富了小说的叙事角度。

　　《儒林外史》是我国古代讽刺文学中最杰出的代表作，标志着我国古代讽刺小说艺术发展的新阶段，在中国小说史上产生了很大的影响。

《红楼梦》：古典文学的巅峰

在清代小说中，最为后人称道的莫过于《红楼梦》，它在问世之际，先是以手抄本的形式流传。它是中华民族灿烂文化的集大成者，既是中国古典文学的总结，又是中国新文学的发端。

从"饫甘餍肥"到"绳床瓦灶"

《红楼梦》是我国文学史上一部伟大的现实主义巨著，前80回的作者是曹雪芹。

曹雪芹，名霑，字梦阮，号雪芹、芹圃、芹溪。先世自曾祖父至祖父、父辈，三代世袭江宁织造，祖父曹寅的两个女儿都被选作王妃，康熙6次南巡，5次都曾住在曹家，可见当时曹家权势的显赫。曹寅诗、词、戏曲皆能，又是有名的藏书家，曹雪芹生长于这样的家庭中，自然受到了文学艺术上深深的熏陶。

曹雪芹少年时代在南京过了一段"锦衣纨绔""饫甘餍肥"的奢华生活，但雍正初年其父获罪落职，家产抄没，家道遂衰；乾隆初年曹家又遭大变，从此一败涂地。13岁的曹雪芹只得随全家迁居北京，初在宗学当过一段时间的教习或差役；晚年移居西郊香山一带，过着"举家食粥""蓬牖茅椽，绳床瓦灶"的困顿生活。

曹雪芹经历了家族由盛至衰的全过程，家庭的巨变对他产生了极大的影响，也使他接触到了更为广阔的社会现实，使他对人生有了比别人更全面、深刻的认识，这为他的创作奠定了坚实的生活基础。《红楼梦》正是曹雪芹在凄凉困苦的晚年才开始创作的，曹雪芹自己在小说第一回说曾"披阅十载，增删五次"。可惜没有完稿，就因幼子夭折而感伤成疾，还不到50岁，就在贫病交加中离开人世，遗留一部未完成的旷世奇书。

《红楼梦》最初以80回手抄本形式在社会上流传，本名《石头记》。现行《红楼梦》全书120回，后40回传为高鹗所补。

中国封建社会的百科全书

　　《红楼梦》结构宏大，内容极其丰富。它看似主要描写贾宝玉、林黛玉、薛宝钗的爱情悲剧，但却又与一般的才子佳人小说有着本质的区别。因为其着眼点并不在爱情，而是以此为线索，通过贾、史、王、薛兴衰全过程的描写，展现了贾宝玉和一群红楼女子以及许多人的悲剧命运，用形象化的手法，从不同的角度立体地展示了社会全貌，上自皇帝、后妃，下至贩夫走卒、婢女优伶，其广大的社会生活面超过了以往任何一部小说。

　　《红楼梦》的思想内涵也是中国古代小说中最复杂的，小说揭露了封建社会的种种黑暗和罪恶，及其无法克服的内在矛盾。既反映了豪富贵族对困苦人民的阶级压迫，也反映了封建礼教、不同人的命运等，使读者预感到腐朽的封建制度必然走向覆灭的命运的同时，小说通过歌颂贵族中的叛逆者，表达了新的朦胧的理想。其深入的人生体验、不同人生价值观的冲突等，给读者留下了高深莫测的解读空间，而这也正是《红楼梦》的巨大魅力之一。

古典小说前所未有的艺术高峰

　　《红楼梦》在艺术上取得了辉煌的成就，达到了我国古典小说前所未有的高峰。这里值得特别强调的一个艺术特点就是，它完全打破了传统小说

清孙温红楼人物图

的单线结构，把中心人物和中心事件放在错综复杂的环境中，各种矛盾齐头并进，并且提示出中心情节和其他各种情节之间的内在联系。

此外，曹雪芹在小说中，精雕细琢了一大批栩栩如生的典型形象。对一些主要人物，他站在不同的角度，根据不同情节层层深入地刻画，从而塑造得十分深刻、饱满。对比较次要的人物，一般是先寥寥几笔一带而过，之后再抓住典型事件集中描写，突出其性格特征。

《红楼梦》善于运用古典诗词和戏曲中情景交融的描写，以特定的艺术氛围来烘托人物的内心情绪，具有强烈的感染力量。同时，其中有许多地方对人物的内心描写得极为深入、细腻，成功地揭示了人物的内心秘密和精神面貌。

《红楼梦》的语言简洁纯净，生动传神，朴素多采，往往只需用三言两语，就可以勾画出一个活生生的具有鲜明个性特征的形象；而每一个典型形象的语言，都具有自己独特的个性，从而使读者仅仅凭借这些语言就可以判别人物。作者还把诗词语言和人物、故事紧紧糅合在一起，而且这些诗词的创作也能为塑造典型性格服务，做到了"诗如其人""放射着强烈的诗和理想的光辉"。

《红楼梦》是举世公认的中国古典小说的巅峰之作，中国封建社会的百科全书，传统文化的集大成者，具有永久的艺术魅力，使它足以卓立于世界文学之林而毫无逊色。

第十二章

1841 年至 1937 年间的中国文学

在这一时期内，文学之孕育、实践、传播和评价，同样产生了很大变化。舶来的印刷技术、全新的市场策略、识字率的大幅增长、阅读群体的扩大、各种媒体和翻译的繁荣，以及职业作家的出现，共同开创了文学生产和消费的新局面。伴随于此，文学—作为一种审美观念、学问规化以及文化机构—在经历了剧烈的角逐形成系统之后，最终形成今天所理解的"文学"。文学的转型确实是中国蓬勃发展的现代化进程中最为显著的现象之一。

——《剑桥中国文学史》

清末四大谴责小说

鸦片战争以来，中国遭遇一系列巨大的变故，古老的中国一步步滑到亡国的边缘，国人对腐败的清政府也完全丧失了信心。在这样的情况下，小说界出现了大量抨击时政、揭露官场阴暗与丑恶的作品，四大谴责小说是其代表。

李宝嘉与《官场现形记》

李宝嘉，名伯元，字宝嘉，江苏武进人。他少年时代擅长制艺、诗赋，中乡试第一秀才。中日发生甲午战争之后，李宝嘉有感于内忧外患，并接受了维新思想，毅然放弃科举，到上海创办《指南报》。从1901年起全力投入文学创作，先后写成《庚子国变弹词》《官场现形记》《文明小史》等书10多部。其中《官场现形记》更是晚清谴责小说的代表作。

《官场现形记》首开近代小说批判现实之先河，作品从维新改良派的立场出发，对清代末期的官僚体制进行了深入解剖与彻底批判，集中暴露了朝廷内外各种大小官吏道德沦丧、卖官鬻爵、贪赃纳贿、惧洋媚外的丑态，是一幅晚清官场的"群丑图"。

《官场现形记》在艺术上深受《儒林外史》的影响。全书由许多相对独立和完整的短篇故事联缀而成，一人事完则转入下一人。作者擅长运用讽刺艺术，以夸张、离奇的闹剧手法，诙谐滑稽、冷峻尖刻的语言，使人物的言行之间自相矛盾，突出故事情节的荒诞性，从而彰显其可笑之处。

吴趼人的《二十年目睹之怪现状》

吴趼人，原名沃尧，字小允、茧人，后改趼人，广东佛山人。出生于已经中落的官僚家庭，幼年丧父，十七八岁至上海谋生，常为报纸撰写小品文，先后发表《电数奇谈》《九命奇冤》《二十年目睹之怪现状》《恨海》《劫余灰》《情变》等，1910年留下《情变》前八回未完而在上海逝世。

《二十年目睹之怪现状》是吴趼人小说中最为轰动一时的杰作。小说以主人公"九死一生"这个人物的商业活动为主要线索，连结了近 200 个小故事和贪官污吏、奸商洋奴、才子术士、流氓骗子等繁多的人物，反映了中法战争后到 20 世纪初的中国官场、商场和洋场相当广阔的社会生活面，揭露了封建制度的罪恶与世风日下、道德沦丧的现实，展示了光怪陆离的社会龌龊诸相。

小说富有特色的部分是讽刺和暴露。塑造出贯穿全书的"行止龌龊，无耻之尤"的典型反面人物苟才和庸懦猥琐、恐外媚外的清末官吏，以及徜徉于花国酒乡、胸无点墨的洋场才子，刻画相当生动。在讽刺手法的运用上，又善于创造富有戏剧性的场面，往往夸张到不近情理的地步，将讽刺的对象置于极其可笑的境地。

刘鹗与《老残游记》

刘鹗，字铁云，江苏丹徒人。他承袭家学，致力于数学、医学、水利、音乐、算学等实际学问，并纵览百家。曾任候补知府，后看不惯外国侵略和官场黑暗弃官经商，并著文立说，便有了《老残游记》这部著名的讽刺小说。

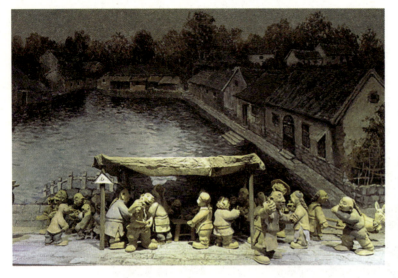

《老残游记》陶艺馆

《老残游记》是一部欲唤醒民众的"醒世"之作，其最大的特点是第一次揭露了"清官"的罪恶，对于那些所谓的清官，进行了无情的揭露，认为他们实际是"小则杀人，大则误国"的酷吏。小说写景自然、逼真，有鲜明的层次和色彩；语言清新流畅、富有韵味。

金天翮、曾朴的《孽海花》

晚清谴责小说《孽海花》初印本原署"爱自由者发起，东亚病夫编述"，"爱自由者"是江苏吴江的金天翮；"东亚病夫"为江苏常熟人曾朴。金天翮写了前6回，后交给曾朴修改、续写，共拟了60回目，虽经27年但未能最后完成。

《孽海花》以金雯青和傅彩云的爱情悲欢为主线，通过京城内外官僚、文人、士绅等各种人的生活状态和精神面貌，展现清末的经济、政治、外交诸多方面的社会现实，揭露了贪官污吏的无耻嘴脸，控诉了帝国主义的侵略野心，同时讴歌了冯子材、刘永福等反抗外敌入侵的英雄人物，还以孙中山这些人的行动告诉世人"自由平等""三民主义"等进步思想。

《孽海花》在艺术上有着较高的成就，鲁迅赞其为"结构工巧，文采斐然"。全书200多个人物，30年间事件，却能采用网状构成一个整体；文笔娟好，明丽如画，在汉学界和国际上都有着较高的声誉。

龚自珍与《己亥杂诗》

1839 年 6 月，龚自珍离京，9 月又自杭州北上接还眷属。两次往返途中，他目睹官场腐败、苍生疾苦，百感交集地写下了许多激扬、深情的忧国忧民诗文，这便是著名的《己亥杂诗》315 首。

忧国忧民的一生

龚自珍，字璱人，号定庵。浙江杭州人。出身官宦世家，自幼好读古今诗文，喜搜科名掌故，并早早就显示出了创作的才华。但在进仕之路上，他却走得磕磕绊绊，经过 6 次会试，38 岁时才终于进士及第。曾任内阁中书、宗人府主事和礼部主事等官职。由于他主张革除腐政，因此屡屡揭露时弊，触动时忌，多次忤其长官；并全力支持林则徐禁除鸦片，抵制外国侵略，因而不断遭到权贵的排挤和打击。

龚自珍 48 岁时决计辞官南归。在两次回京接家眷的途中，写下了许多激扬、深情的忧国忧民诗文，后辑为著名的《己亥杂诗》315 首。

次年，龚自珍卒于江苏丹阳云阳书院。

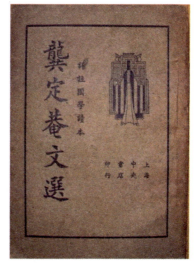

龚自珍诗集书影

三百年来第一流

龚自珍是清代改良主义的先驱，也是著名的思想家、诗人和文学家，著有《定庵文集》，留存文章 300 余篇，诗词近 800 首，今人辑为《龚自珍全集》。

龚自珍的诗文与其政治思想一样，

主张"更法""改图"，著名诗作《己亥杂诗》即为咏怀和讽喻之代表作。内容多为揭露社会的腐朽，诗中的批判、呼唤、期望，集中反映了诗人高度关怀民族、国家命运的爱国激情，被柳亚子誉为"三百年来第一流"。

《己亥杂诗》以平生出处、著述、交游等为内容，或议时政，或述见闻，或思往事，题材十分广泛。但大多不涉事实，而是借题发挥，把现实的普遍现象提到社会历史的高度，抒发感慨和愿望。

《己亥杂诗》运用多种手法写景抒情。如诗中有"月怒""爪怒""落红""春泥"等，运用象征隐喻，将习见的景物变得虎虎有生气，想象丰富、奇特，唤起不寻常的联想。

《己亥杂诗》在语言运用上技巧极高。既有生僻古奥，也有朴实平易，龚自珍先进的思想寓于一股自然清丽、沉着老练之风中，形成这些优秀诗篇的灵魂，使思想的深刻性和艺术的独创性相融合，开创了近代诗的新风貌。

龚自珍《己亥杂诗》高度凝练、形象生动，发展七绝议论时事、干预现实的功能，为后世诗家开拓与创造了绝句艺术上的新境界。

言情小说大家张恨水

张恨水的作品上承章回小说，下启通俗小说，雅俗共赏，促进了新文学与通俗文学的交融。茅盾说："近30年来，运用'章回体'而能善为扬弃，使'章回体'延续了新生命的，应当首推张恨水先生。"

"金粉""啼笑"，恨水东逝

张恨水，原名心远，笔名恨水，生于安徽潜山一个小官吏家庭。从小就喜读古典小说，尤其对《红楼梦》的写作手法倾慕有加，醉心于才子佳人式的小说情节以及诗词典章中的风花雪月。后历任《皖江报》总编辑、北平《世界日报》编辑、上海《立报》主笔，南京人报社社长，北平《新民报》主审兼经理；同时进行小说创作，至1919年写出了以描写痴爱缠绵为内容的《青衫泪》《南国相思谱》等，从此被列入"鸳鸯蝴蝶派"作家。

青年时代的张恨水

1924年到1929年初，张恨水在《世界晚报·夜光》副刊上连载章回小说《春明外史》，这部长达90万字的作品，在北方城市风靡一时。1926年，张恨水又以另一部长篇小说《金粉世家》扩大了他的影响力。但真正把他推到小说泰斗地位的，是《啼笑因缘》这部集言情、谴责、武侠于一体的长篇小说，它刚一问世，各大电影公司争相要将之拍摄为电影，这在当时成为最轰动的新闻事件。

1949年新中国成立后，张恨水任中央文史馆馆员，陆续发表了十几部中、长篇小说。1967 年 2 月 15 日，张恨水在起床时突然仰身倒下，猝然离世。

新旧小说过渡的代表

在中国现代文学史上，张恨水无疑是多产的作家之一，他在 50 多年的写作生涯中，共完成中长篇小说至少 110 部，共约 3000 余万字，堪称著作等身，被尊称为现代文学史上的"章回小说大家"和"通俗文学大师"第一人。

张恨水的作品上承章回小说，下启通俗小说，小说取材广阔；又将中国传统的章回体小说与西洋小说的新技法融为一体，结构布局严谨完整。同时，张恨水追求故事的新闻性，选取生活化的情节，生动有味，使人感到亲切。而且他注重语言的朴素圆润，多用活泼的口语，使小说中充满诗情美和意趣美，有着鲜明的社会意识和平易的平民意识，雅俗共赏，很符合读者的审美心理和欣赏习惯。

张恨水是深受"鸳鸯蝴蝶派"影响的旧派小说向现代小说过渡的代表性作家。他成功对旧章回小说进行革新，促进了新文学与通俗文学的交融。

新文化运动的先驱鲁迅

　　1918年5月，鲁迅在《新青年》上发表的短篇小说《狂人日记》，它宣告一个崭新的文学世纪的开始。在此之前，白话体诗歌和散文虽然已经出现，但第一次将反封建精神与全新的艺术形式结合的正是《狂人日记》。

弃医从文，文学斗士

　　鲁迅，原名周树人，字豫才，浙江绍兴人，出生于破落的封建家庭。7岁开始读书，13岁时家中发生大的变故，渐入困顿，从此他饱尝了冷眼和侮蔑的滋味。1902年，鲁迅东渡日本，原学医，但因国内受侵略而受刺激，决心弃医从文，以文艺改变国民精神。1909年回国，先后在杭州、绍兴任教。辛亥革命后，曾任南京临时政府和北京政府教育部部员、佥事等职，并任教于北京大学、女子师范大学等校。1918年5月，首次用"鲁迅"为笔名，发表中国现代文学史上第一篇白话小说《狂人日记》，奠定了新文学运动的基石。"五四"运动前后，参加《新青年》杂志的工作，成为"五四新文化运动"的伟大旗手。

　　此后8年间，鲁迅笔耕不辍，先后出版了《呐喊》《坟》《热风》《彷徨》《野草》《朝花夕拾》《华盖集》《华盖集续编》等专集，表现出他的爱国热情和彻底的民主思想。但因支持北京学生爱国运动遭当局通缉，1926年南下到厦门大学、

鲁迅全家照

《阿Q正传》电影剧照

中山大学任教。"四·一二"事变以后，愤而辞职赶赴上海，先后参加中国自由运动大同盟、中国左翼作家联盟和中国民权保障同盟等进步组织，积极投身于革命文艺运动。

抗日战争刚刚爆发，鲁迅就加入了文学界和文化界的抗日民族统一战线，创作了大量作品，收录在《而已集》《三闲集》《二心集》《南腔北调集》等专集中。

1936年10月19日，鲁迅病逝于上海。

新文化运动的伟大旗手

鲁迅的一生，表现了中国人民临危不惧、挺身而起的崇高的品质。而鲁迅的小说，具有最清醒的现实主义精神，对中国的文化事业作出了巨大的贡献。

自"五四"时期起，鲁迅就作为以白话写小说的第一人，写下将近30篇小说，集中揭露了封建主义的罪恶，反映了农民处于经济剥削和精神奴役双重压力下的苦难生活，以及挣扎在激烈的社会矛盾之中的知识分子的命运。他把这段时期收录的文集题名《呐喊》，其寓意不言自明，表现了文化革命和思想革命的特色。

其中短篇小说《狂人日记》是一篇具有划时代意义的作品，它宣告了一个崭新的文学世纪的开始。在艺术方法上，明显地具有"淡淡的象征主义色彩"。在此之前，虽然已经存在白话体诗歌和散文，但直至《狂人日记》的问世,才真正将彻底的反封建精神与崭新完美的艺术形式很好地结合起来,具有深邃的思想革命和文学革命的风貌。可以说,《狂人日记》是现代小说的开山之作。

在小说的结构上,鲁迅借鉴了西方小说结构灵便、多样的优点,打破中国传统的章回小说单一的形式,创造了中国现代小说的新形态。

鲁迅是塑造典型人物形象的文学大家,他的小说中,农村生活和农民形象占有重要的分量。如《阿 Q 正传》《祝福》,都是将处于复杂的革命时期和社会关系中的农民作为典型,取得了非凡的成就。其次是知识分子,他们也是鲁迅着重塑造的对象。如《在酒楼上》《孤独者》,刻画出了辛亥革命后知识分子彷徨、颠簸以至没落的过程。鲁迅为中国现代文学的艺术殿堂塑造了如阿 Q、祥林嫂、子君、孔乙己等一大批不朽的典型形象。

在表现手法上,鲁迅善于从多角度来观察和创造,从而使小说具有非常突出的个人独创风格:丰满而又洗练,隽永而又舒展,诙谐而又峭拔。这种风格的形成又在不同程度上受到中外古典文学的涵养。

鲁迅还创作出不少杂文、散文和散文诗。他以杂文作为艺术武器,直接解剖社会、抨击敌人,结构不拘格套,形象性很强,文风或严峻凛然,或清新隽永,或锋芒毕露,或泼辣犀利,或意味深长,具有浓郁的艺术色彩。散文和散文诗则风格清新隽永,以叙事和抒情为主。其中散文诗《野草》运用象征方法创造出各种形象,是一部象征主义的艺术精品。

鲁迅是一个文学家,也是一个学者、文学史家,还是一个反抗绝望的战士。他的文学创作,尤其是《狂人日记》,首开现代体式创作白话短篇小说之先河,称鲁迅是中国现代小说之父,一点也不过分。

郭沫若的新诗奠基之作《女神》

1921 年 8 月，郭沫若的《女神》出版。这是我国现代文学史上一部具有巨大影响的新诗集，尽管在此之前已经有新诗集出现，但真正以崭新的内容和形式为中国现代诗歌开拓一个新天地的，《女神》是第一部。

国学大师，文坛圣手

郭沫若，原名郭开贞，又名郭鼎堂，四川乐山人。自幼年时即入家塾读书，打下了深厚的古典文学基础；青年时到日本留学，开始接触到泰戈尔、歌德、莎士比亚、惠特曼等国外著名作家的作品。"五四"运动爆发后，郭沫若在日本福冈组织救国团体夏社，投身于新文化运动，写出了《凤凰涅》《地球，我的母亲》等诗篇，归入《女神》之中，成为中国现代新诗的奠基之作。1921 年，他与成仿吾、郁达夫等在日本成立创造社，编辑《创造季刊》，以笔名"沫若"开始发表作品。

从日本回国后，郭沫若先后创作了历史剧《王昭君》《聂莹》《卓文君》，对传统女性观念提出抗议，被称为"女性三部曲"。1927 年，他敏感地预见到蒋介石要破坏国共合作，立刻发出了讨蒋檄文，但因此被迫流亡日本。在日本的 10 年间，他又在史学研究领域开辟了新天地，著有《中国古代社会研究》《甲骨文字研究》等。

抗战爆发后，郭沫若回国积极参与抗战活动，并写出了《棠棣之花》《屈原》等 6 部充分显示浪漫主义特色的历史剧，借古喻今，紧密配合了现实的斗争。

郭沫若在工作中

新中国成立后，郭沫若曾任政务院副总理、中国科学院院长、中国科技大学校长、中国科学院哲学社会科学部主任、全国人大常委会副委员长等职，对社会政治、文化活动以及世界和平、对外友好交流作出了重要贡献。

1978 年 6 月 12 日，郭沫若在北京逝世，终年 86 岁。

现代新诗的奠基之作

郭沫若在一生中，以自己的智慧和能力，游刃有余地生活、创作，不仅在政治上有所建树，在文学上更是成绩卓著，写下了大量优秀作品。

其中，他的代表作《女神》可称为是中国现代新诗的奠基之作。诗中的主人公，以一个追求个性解放的叛逆者形象出现，从思想内容上，首先反映了"五四"这一狂飙突进的时代人们对改造旧世界、打破一切封建枷锁的普遍要求。同时，诗中歌唱太阳、光明、希望，处处洋溢着积极进取的欲望，表现了对祖国深情的热爱和对美好明天的憧憬。

《女神》在艺术上的成就最为辉煌，达到了浪漫主义的新高峰。它的格式不受任何的束缚，追求"绝对自由，绝对自主"；形式也依感情的变化自然地形成"情绪的节奏"，自由多变。诗中采用了比喻、象征的手法，并常借助神话传说、历史故事表达感情；诗风多豪壮、雄健，颇具阳刚之美，细节处也不乏清丽婉约之处，体现出浪漫主义的基本特征。

《女神》是郭沫若的第一部新诗集，也是我国现代文学史上一部具有突出成就和巨大影响的新诗集，为中国现代诗歌开拓了一片崭新的天地。

茅盾与《子夜》

茅盾的长篇小说《子夜》从1931年10月写起,至1932年12月完稿。在动笔以前,经历了一个较长的准备和构思的过程。这部小说于1933年初版时即引起强烈反响。

伟大的革命现实主义作家

茅盾,本名沈德鸿,字雁冰,浙江桐乡人,出生于乌镇的一个书香世家。由于父亲早逝,他在母亲的抚育下长大。先在私塾读书,后又上过新学,中学时代因参加反对学监的学潮被嘉兴府中学勒令退学,转入杭州安定中学,毕业后考入北京大学预科,但因家庭困难,三年预科期满毕业后未能继续在北大的学习。随后进入当时文化界十分著名的"上海商务印书馆编译所"工作,成绩卓著,成为文学研究会的首席评论家。

就在上海,茅盾参与了筹建中国共产党的共产主义小组,去广州参加了国民党第二次代表大会,并担任武汉国民党中央宣传部秘书,毛泽东时任宣传部代部长。不久国共分裂,他返回上海,流亡日本,这段上层政治斗争的经历铸成他的时代概括力和文学的全社会视野,于是拿起笔,先后创作出《幻灭》《动摇》《追求》《虹》等,走上小说家之路。

加入"左联"期间,茅盾又写出了《子夜》《林家铺子》《春蚕》,影响很大。抗战时期,辗转于香港、新疆、延安、重庆、桂林等地,发表了《腐蚀》《霜叶红似二月花》《锻炼》等,声名日隆。

新中国成立之后,茅盾历任中国文联副主席、文化部长、中国作协主席,并任全国政协副主席等职。工作之余,写出了《霜叶红似二月花》"续稿"、回忆录《我走过的道路》。 1981年辞世。

杰出的现实主义长篇

茅盾一生笔耕不辍，写出了许多有着现实意义的作品。他的长篇小说《子夜》在 1933 年一出版就震动了中国文坛，瞿秋白把这一年称为"子夜年"，可见它的影响之大。

《子夜》的时代背景是 20 世纪 30 年代初，围绕着

彩色故事片　　《子夜》　　七、公债投机失利，吴荪甫一败涂地。他昏倒在交易所，被人救起。　　上海电影制片厂摄制　中国电影发行放映公司发行

《子夜》电影剧照

民族资本家吴荪甫与买办赵伯韬之间的尖锐矛盾，全方位、多角度地描绘了当时中国社会的广阔画面，集中揭露了反动当局镇压和破坏人民的革命运动，以及帝国主义对我国的政治、经济侵略，新兴的中小民族工业惨遭吞并，各色地主的行径，资本家家庭内部的各种矛盾，等等。内容涉及惊心动魄的工人罢工、农民暴动、公债场斗法……描绘出了丰富多彩的生活画面，艺术地再现了第二次国内革命战争时期的风云变幻，反映了革命如星火燎原不断深入发展的社会风貌。

茅盾的小说代表作，除《子夜》外还有《蚀》，它由《幻灭》《动摇》《追求》三个略带连续性的中篇组成，描绘了大革命前后某些小资产阶级知识青年的生活经历和思想动态。他的短篇小说代表作是《春蚕》《林家铺子》，也如《子夜》一样对社会进行了深入的剖析，借刻画人物的性格和命运来反映时代面貌。

除了小说，茅盾还写了不少散文，大多是通过对世态人情的直接描摹和辛辣讽刺，来揭露旧社会的腐朽和没落的。

《子夜》这部长篇杰作，不仅为中国革命事业建立了不可磨灭的历史功绩，也标志着茅盾的创作开始进入了一个新的成熟阶段，是我国现代文学史上一部杰出的革命现实主义长篇。

天才的剧作家曹禺

《雷雨》是中国第一部可读、可演的话剧，它的诞生打破了此前中国只能演国外话剧的局面。同时，这部作品成为最卖座的剧目，是国内演出次数最多的一部话剧。

现代戏剧大师

曹禺，原名万家宝，字小石，祖籍湖北潜江，生于天津一个没落的官僚家庭。从小就读了许多古今中外的文学作品，尤其喜爱戏剧艺术。1922 年进入天津南开中学后，参加了学校的新剧团，演出中外剧作，显示出了表演天赋，并阅读了大量新生文学作品，开始写作小说和新诗。1928 年考入南开大学政治系，后转入清华大学西洋文学系，广泛接触欧美著名剧作家的作品，这为他后来的创作带来巨大影响。

1935 年毕业后，任教于国立剧专，当时著名电影演员阮玲玉自杀，曹禺愤而创作《日出》，该剧获《大公报》"文艺奖"。次年与鲁迅、巴金等 77 人共同签署《中国文艺工作者宣言》并开始创作《原野》。

1942 年初，曹禺辞去国立剧专职务，来到重庆，并兼职复旦大学教师，创作改编出《家》《镀金》，翻译了莎翁名剧《罗密欧与朱丽叶》。1946 年受美国国务院邀请赴美讲学；次年从美国回到上海，完成电影剧本《艳阳天》，并自任导演拍摄。同年底，在中共地下党的组织安排下，曹禺离开上海去往香港。

新中国成立后，曹禺曾任中国文联执行主席、中国戏剧家协会副主席、中央戏剧学院副院长、北京人民艺术剧院院长等职务。

曹禺与女儿万方合影

期间创作出《明朗的天》《胆剑篇》《王昭君》等剧。

1996 年 12 月 13 日，曹禺因病在北京辞世。

现代话剧的"天才之作"

近百年来，在中国上演过无数的话剧，但若只选一部戏作为代表，则非话剧《雷雨》莫属。因为它是中国第一部可读、可演的剧作，它的诞生打破了此前中国只能演国外话剧的局面。

曹禺从 1929 年到 1933 年，前后花了 5 年时间构思《雷雨》这部戏。但《雷

话剧《雷雨》剧照

雨》这部戏。但《雷雨》完稿时，曹禺还只是一个 23 岁的大学生，以如此年轻就创出了这样一部优秀的多幕话剧，因此被业界多人称为"天才之作"。

《雷雨》通过清末民初周、鲁两家 8 个人物间错综复杂的矛盾冲突，反映了那 30 年间的中国社会真实生活。在处理戏剧冲突时，曹禺能深入剧中人的内心世界，刻画其内心的自我交战以及与他人之间的心灵交锋。如主人公周朴园是带有浓厚封建色彩的中国资产阶级代表人物，表面上道貌岸然，但骨子里却专横残暴、冷酷虚伪。一切外在表面的争执、冲突与日常生活场景，都是为了酝酿、激发与表现其内心冲突。

曹禺的戏剧语言个性鲜明突出，寥寥数字即能充分暴露出人物的思想性格。同时，曹禺的台词力求通俗易懂，精练深刻，他几乎从不使用特别拗口的词。而且，常在台词中使用精妙的停顿和省略，随着剧情的发展，使观众能完全进入戏剧的情景中。

曹禺在创作中，还综合运用了如比喻、象征、含蓄等诗的语言技法，使他的戏剧语言具有浓厚的抒情性。曹禺喜欢在剧本中对人物的外貌、性格、身世以及生活的场景，以如同叙事诗一般的语言进行具体描述，具有浓厚的抒情性，意蕴深厚，发人深思，耐人寻味，达到了情景交融的艺术效果。

除《雷雨》外，《日出》《原野》《北京人》《家》等也是曹禺的经典代表剧作。其中《日出》很有特色，它以交际花陈白露和乡村教师方达生为中心，把社会各阶层、各色人等都集中于陈家客厅和三等妓院这一小的活动场所之中，采用横断面的描写，展现出社会生活的真实面貌，具有纪实性特点，一切都像生活本身而不像"戏"。剧本的人物刻画极见功力，主人公陈白露年轻美丽、生性高傲，厌恶周围鄙俗丑陋的世界，却又沉湎于放荡的生活，只得仰人鼻息却又显出一副玩世不恭的派头，她同外部世界和自身都处于矛盾、对立的状态，无奈地走向堕落和死亡。另外，如银行经理潘月亭的骄奢淫逸、心狠手辣，留学生张乔治的醉生梦死、奴气十足，面首胡四和顾八奶奶的饱食终日、无所用心，妓女翠喜受尽侮辱后的悲愤绝望，都显得栩栩如生，集中表现了《日出》的艺术风格。

曹禺的《雷雨》《日出》等一系列杰出的戏剧作品，是中国话剧艺术成熟的标志，奠定了他在中国现代戏剧史上的大师地位。

沈从文和他的《边城》

沈从文,一介湘西野夫,小学毕业,却凭借着一支笔和一颗火热的心,闯进了1922年的北京文坛。他用自己的一系列作品,《边城》《长河》《湘行散记》等,给世人构造出一个不沾风尘、浑然天成的"湘西世界"。

湘西山水养育出的作家

沈从文,原名沈岳焕,字崇文,湖南凤凰人。小时候,他非常喜欢和小伙伴们在凤凰城墙外的河边游水嬉戏,但他也常看见一些犯人在河滩上被处决。这种美丽与野蛮的组合,给沈从文的心灵带来很大的冲击,对以后的文学创作产生了强烈的影响。

沈从文与妻子张兆和合影

读完小学后,沈从文15岁时投身行伍,随着部队辗转于湘川黔交界地区,并开始进行文学创作。湘西的青山秀水滋润了沈从文的性情,因此他后来所写的小说中,都充满着一种独特的诗意,而且大部分作品都未离开这片山水。

5年后,沈从文结束了军旅生涯,为了读书只身来到北京,由于囊中羞涩,只能在北大旁听,此时结交了大散文家郁达夫。1924年,沈从文出版了小说《长河》等,成为北京文坛的一匹黑马。1931年,沈从文任教于青岛大学,后又转到上海,此时他已经是小有名气的作家了,与丁玲合办过杂志,并结交了一些著名作家。1934年新婚一年后,沈从文便完成了举世闻名的小说《边城》。

抗战爆发后,沈从文转到西南联大任教,并开始了考古学研究。1946年回到北京大学任教。

新中国成立后，沈从文在中国历史博物馆和中国社会科学院历史研究所工作，主要从事中国古代历史与文物的研究，历时15年写出《中国古代服饰研究》，填补了我国在服饰研究方面的一页空白。

1988年，沈从文病逝于北京。

站在城市写乡村

沈从文一生创作了80多部作品，是近代作家中成书最多的一位。代表作有小说《边城》《长河》和散文集《湘行散记》等。这些作品均以湘西生活为题材，他以"湘西乡下人"的独特视角来审视当时的社会现状和矛盾冲突，是典型的乡村文化小说，在整体上与都市"现代文明"相对照。但在同时，他始终注目于湘西世界朝现代转型过程中，身处不同的文化碰撞中的"乡下人"的人生际遇和历史命运，从而对现代文明在进入中国的过程中露出的重重丑陋进行了批判，充满了对人生的隐忧和对生命的哲学思考，这大大丰富了现代小说的表现范围。

沈从文是具有特殊意义的乡村世界的主要表现者和反思者。他去过北京，在上海的十里洋场生活过，可沈从文发现，自己始终与这些代表现代文明的都市有着一种难以名状的隔阂，虽然居住在闹市，都市大街的汽笛和喧嚣声不绝于耳，可他听到的却是湘西的江声、船号、牛笛。由此沈从文提出"美在生命"，虽身处于虚伪、自私和冷漠的都市，却醉心于人性之美。但沈从文所醉心的人性，是特指一种自然界状态的人性，是一种原始的野性的生命力。

沈从文的文学风格，显示出浪漫主义的特征。他的小说中充满了诗意，融写实、纪梦、象征于一体，句式简峭、主干突出；语言古朴文雅，单纯而又传神，具有浓郁的地方色彩，凸显出乡村人性特有的风韵与神采。

沈从文为文学奉献了一生。他的作品被译成40多个国家的文字出版，并两度被提名为诺贝尔文学奖评选候选人，在国内外产生了重大的影响。

闻一多的新格律诗

闻一多在他不多的创作中取得了很高的成就，诗集《红烛》和《死水》和新诗理论的论述，奠定了他在中国文学史和中国新诗史上的重要地位，成为当代中国诗坛格律诗派的代表人物。

悲情诗人

闻一多，本名闻家骅，字友三，生于湖北浠水一个世代耕读之家。他从小就深受中华传统文化的熏陶，酷爱古典诗文。1912 年，闻一多考取北京清华学校，曾任《清华周报》编辑、《清华学报》学生部编辑，发表系列读书笔记和旧体诗文。1921 年，参加清华文学社，开始进行新诗格律化的理论研究。之后赴美国学习绘画，研究中国古典诗歌和英国近代诗歌，其间创作《七子之歌》。

回国后，闻一多先后任教于南京大学、武汉大学、青岛大学、北京艺术专科学校、政治大学、清华大学。其间出版第二部诗集《死水》，文声斐然。

"七·七事变"爆发，闻一多随清华的师生们一起南迁，清华、北大、南开在昆明合并为"西南联合大学"，闻一多任教授。日军侵略范围南扩，先后攻陷郑州、长沙，逼近贵阳，昆明形势危急，闻一多不满于国民政府的消极抗日，毅然投身到抗日救亡和争民主、反独裁的斗争中。1946 年 7 月 11 日，著名社会教育家李公朴遭到国民党特务暗杀，闻一多当即通电全国，控诉反动派的罪行；同月 15 日，他在云南大学举行的

闻一多像

李公朴追悼大会上，发表了《最后一次演讲》，痛斥国民党特务。在返家途中，国民党特务突然对其伏击，闻一多不幸遇难。

诗坛美学家

闻一多的诗作虽然数量不多，却都是"掷地作金石声"的上乘之作。第一部诗集《红烛》收诗62首，主要是他在清华园和留美期间所作，分为红烛、李白、雨夜、青春、孤雁、红豆六篇。但全书都贯穿着强烈的爱国主义思想和为祖国的进步事业献身的精神。归国后发表的第二本诗集《死水》，收诗28首，作品内容更为充实，表达的是诗人自海外归国后，因目睹了军阀混战、民不聊生的惨状而引起的愤懑情绪；形式整齐，语言凝练，形成了独具的沉郁奇丽的艺术风格，成为闻一多的代表作。

闻一多是新格律诗理论的奠基者，他在诗歌艺术上倡导体现音乐美、绘画美、建筑美的"三美"原则。如《死水》中，每一行都由4个音尺构成，每节又都押韵，读起来节奏分明，音韵铿锵，体现出了诗歌的音乐之美。同时，全诗共5节，每节各4行，每行都是9个字，外形方正整齐，视觉上呈现出建筑般的均衡、对称之美。另外，此诗在语言上注重色彩上的视觉感受，以大量富丽的辞藻构成美丑迥异、富含寓意的画面之美。

新月派代表诗人徐志摩

1931 年 11 月 19 日，从南京乘飞机到北平，飞机因遇雾在济南附近触山，徐志摩不幸坠机遇难，使中国现代文学史上最具才子风范的一代诗人黯然辞世，留下了大量诗歌和其他作品。

康桥上的浪漫诗人

徐志摩，原名章垿，字槱森，留学英国时改名志摩，浙江海宁人。他的父亲是清末民初的实业家，当地首富。中学毕业后，徐志摩先后就读于上海沪江大学、天津北洋大学和北京大学。1918 年赴美国克拉克大学留学，10个月即以一等荣誉奖

徐志摩像

的成绩毕业；同年转入纽约哥伦比亚大学研究院经济系。1921 年又来到英国，成为剑桥大学的一名政治经济学特别生。在国外留学的这段经历，使他深受西方教育的熏陶及欧美浪漫主义和唯美派诗人的影响，从而奠定了自己诗歌创作的浪漫基调。

1922 年，徐志摩结束海外留学生涯回到国内，把前期所写的大量诗文在报刊上发表，并创办了新月社。后与胡适、陈西滢等创办《现代诗评》周刊，任北京大学教授。1926 年，在北京主编《晨报》副刊《诗镌》，从而成为新的诗歌流派新月诗派的领袖。同年与陆小曼结婚移居上海，任光华大学、大夏大学和南京中央大学教授；其间创办《新月》杂志，并写出了《再别康

桥》这首传世诗作。

这段时间也是徐志摩创作的大丰收时期，先后出版诗集《志摩的诗》《翡冷翠的一夜》和散文集《巴黎的鳞爪》《自剖》《落叶》中的大部分作品。

1930年，徐志摩辞去了上海和南京的职务，应胡适之邀复任北大教授。

1931年11月19日，徐志摩从南京乘飞机到北平，因遇雾飞机在济南附近触山，不幸坠机遇难，年仅36岁。

新诗中的绝唱

徐志摩在短短36年的人生中，始终活跃在中国文坛上，他的诗集除《志摩的诗》《翡冷翠的一夜》外，还有《猛虎集》及身后陈梦家为之编辑的《云游》。

其中以优美的抒情诗《再别康桥》影响最为广泛。这首诗以描写康桥的景色来掩盖其哀伤，宛如一曲优雅动听的轻音乐，体现了徐志摩后期"轻柔似的微哀"这一创作特点。

《再别康桥》是徐志摩于1928年秋再次访问英国时所作。旧地重游，他感慨于自己的遭逢，不由诗兴大发，将自己的生活体验化作缕缕情思，艺术化地融汇于康桥美丽的景色和自己的想象之中。

全诗最大的特点是虚实相间，想象丰富，比喻新奇，意境优美。它以"轻轻的""走""来""招手""作别云彩"起笔，真实地描绘出一幅幅流动的画面，构成了一处处美妙的意境；又巧妙地将具体景物与想象糅合在一起，细致入微地表现出对康桥的爱恋，对往昔生活的憧憬和眼前无可奈何的离愁，把气氛、感情、景象融汇为意境，神思飘逸，富于变化，达到景中有情，情中有景，构成了鲜明生动的艺术形象。

这首诗表现出诗人高度的艺术技巧，诗的结构形式严谨整齐，错落有致；语言清新秀丽，节奏轻柔委婉，韵律谐和自然；情感表现得真挚、浓郁、隽永，具有鲜明的艺术个性。

徐志摩《再别康桥》一诗，堪称中国新诗中的绝唱！他使平凡的"康桥"成为了中国的文学史上永久的彩虹，而自己也因此在中国现代文学史上占据了不可动摇的地位。

第十三章
1937 年至 1949 年间的中国文学

日本全面侵华战争，直接威胁着中国之存亡，这对中国文学也造成了巨大的影响，其冲击即是当下的也是长远的。大学、图书馆、报业和出版社都遭到破坏或被迫迁移，无以数计的作家也开始流亡的生活。

无论集体还是个别作家，不得不面对这些无法逆转的冲击，重新规划他们的现实生活和创作生涯。一方面，对他们形成了地理的割裂与心理的动荡，另一方面，文学在抗战期间提供了一些慰藉与希望。但是，当战前的文艺活动被迫终止的同时，新的文学网络在建立，并开始了文学新的旅程。

——《剑桥中国文学史》

巴金创作《家》《春》《秋》

《激流三部曲》是巴金的长篇《家》《春》《秋》三部小说的总称，是现代文学史上的重要作品。他从 1931 年开始创作第一部《家》，到 1940 年完成第三部《秋》，其间断断续续经历了 10 年时间。

开创新时代的优秀作家

巴金，原名李尧棠，字芾甘。祖籍浙江嘉兴，1904 年出生于四川成都一个封建官僚家庭，17 岁考入成都外语专门学校。读书期间，在"五四"新潮思想影响下，加入进步青年组织"均社"。之后又求学于南京，毕业于南京东南大学附中，准备报考北京大学，因病于上海休养。在上海发起无政府主义组织上海民众社并出版《民众》半月刊，翻译了一些外国著作。

1927 年，巴金赴法国巴黎求学。一年后回国，在上海从事文学编辑与创作，他孜孜不倦地进行创作，以炽烈的情怀表现知识青年反抗现实、献身理想的活动及其矛盾苦闷的思想感情，这一主题的作品以《灭亡》和总题为《爱情三部曲》的《雾》《雨》《电》为代表，具有浪漫主义的色彩。

巴金与妹妹及侄子侄女的合影

同时，巴金对封建礼教、封建制度的不义与罪恶进行无情的鞭挞，揭示其必然崩溃的命运。这一主题以根据自己在封建家庭生活经历创作的总题为《激流三部曲》

的《家》《春》《秋》为代表，更多的是对现实主义的刻画。

除这两大主题外，巴金的其他中、短篇小说还从多方面描写了工人、农民的苦难生活和反抗斗争，以及异国人士的受难和悲哀。

抗战全面爆发后，巴金辗转于昆明、重庆、成都、桂林、贵阳等地，担任《救亡日报》编委，与茅盾共同主编《呐喊》杂志，从事抗日文化宣传活动。他没有娱乐，几乎从不休息，只顾埋头勤奋写作，而忘记了疲劳和健康，先后写有《火》《憩园》《第四病室》（即"抗战三部曲"）以及《寒夜》等中、长篇作品，出版了短篇小说集《还魂草》《小人小事》等 5 个散文集。

新中国成立以后，巴金面对这壮丽的新时代，创作热情更加高涨，写出许多歌颂新生活的散文。20 世纪 80 年代出版了《随想录》之《病中集》《无题集》等作品；90 年代后出版随笔集《再思录》《巴金全集》等。

2003 年，中国国务院授予巴金"人民作家"称号。

2005 年 10 月 17 日，巴金在上海逝世，享年 101 岁。

20 世纪中国文学的良心

巴金的生活历程超过了一个世纪，创作历程长达半个多世纪，是一位著作等身的作家；其中以小说影响最大。巴金的小说题材广泛，内容丰富，反映了中国现代社会各个阶层的生活状况，表现了社会发展的历史进程。如《爱情三部曲》等反映了青年革命者的思想状态；《激流三部曲》等表现了封建大家庭错综复杂的关系；《砂丁》《萌芽》等刻画出矿工的生活斗争情况；《第四病室》《寒夜》描写了国统区小市民、小公务员的不幸命运；《火》等三部曲展现出各阶层人民的抗日救国活动。

其中《激流三部曲》代表了巴金小说的最高成就。这三部巨著主要描写家庭生活并且带有强烈自传性，内容前后关联，完整地展现出高公馆的由盛转衰直至分崩离析的过程，反映了封建大家庭的逐渐没落。巴金使家庭生活变为了社会生活的缩影，通过家来影射社会；表现了封建专制制度必然崩溃的历史趋势，讴歌了青年们的觉醒和反抗。

巴金的语言风格，以小说《憩园》为节点，前后期具有明显不同的特征。前期以青春激情的抒情语言风格著称，气势和节奏激越奔肆，一泻千里，热

烈酣畅，平白真率，感染性极强。同时，巴金非常善于随情绪的起伏变化和延伸发展来安排句法的构造、修辞方式的搭配和音节的长短相间，于热烈明快中又自然跌宕，形成抑扬顿挫的节奏和旋律，产生一种流畅回环的音乐美感和抒情性。

而从《憩园》开始，巴金的语言开始由热转冷，逐渐把感情"隐藏"起来，大量运用冷性色彩词，隐晦、冷静地表露自己的情感，显示出深沉、悲郁的风格。到了《寒夜》时，则将这种语言艺术提炼到了巅峰状态，整部小说所用的色彩词汇除了灰黑，就是昏黄、惨白，给人以沉重的压抑感，加重了对作品的悲剧感受，从而与作品的题材和抒情内容达到高度的统一。

巴金的作品内容朴实、感情真挚，始终贯穿着他"真与善"的核心思想，他因此被誉为"二十世纪中国文学的良心"，无愧于"文学巨匠""当代作家旗帜"的荣誉称号。

平民作家老舍

在现代文学史上，老舍的名字总是与市民题材、北京语言密切联系在一起。老舍把城市景象、社会风俗和三教九流人物的喜怒哀乐、微妙心态浓缩在一起，自成一个完整丰满、"京味"十足的世界。

人民艺术家

老舍，本名舒庆春，生于北京，中国现代小说家、著名作家，杰出的语言大师，新中国第一位获得"人民艺术家"称号的作家。关于他的生平，20世纪40年代，他曾写过一篇自传，质朴自谦，妙趣横生。这篇自传全文如下：

舒舍予，字老舍，现年40岁，面黄无须。生于北平。3岁失怙，可谓无父；志学之年，帝王不存，可谓无君。无父无君，特别孝爱老母，布尔乔亚之仁未能一扫空也。幼读300篇，不求甚解。继学师范，遂奠教书匠之基。及壮，糊口四方，教书为业，甚难发财，每购奖券，以得末彩为荣，示甘于寒贱也。27岁发愤著书，科学哲学无所懂，故写小说，博大家一笑没什么了不得。34岁结婚，今已有一男一女，均狡猾可喜。闲时喜养花，不得其法，每每有叶无花，亦不忍弃。书无所不读，全无所获并不着急，教书作事均甚认真，往往吃亏，亦不后悔。如此而已，再活40年也许能有点出息。

将京味文学推向世界

老舍作品甚多，主要作品有长篇小说《猫城记》《离婚》《骆驼祥子》《四世同堂》；中篇小说《微神》《月牙儿》《我这一辈子》；话剧《龙须沟》《茶馆》等；另外还有大量的新旧体诗和曲本唱词等。这些作品被辑为16卷的《老舍文集》。

老舍以小说和剧作著称于世。如代表作小说《骆驼祥子》对吃人的旧社会作了深刻的揭露，也否定了当时一部分劳动者幻想依靠个人奋斗来改

话剧《茶馆》剧照

变命运的道路；而剧本《龙须沟》则通过龙须沟的今昔巨变，反映了劳动人民在新旧社会中的两种不同命运，批判了旧社会，歌颂了新中国。从中可以看出，他的作品大都取材于市民生活，他善于描绘城市贫民的生活和命运，尤其擅长刻画中下层市民，这些人深受封建观念束缚，保守落后，在新的历史潮流冲击下，面对民族矛盾和阶级斗争时，显得惶惑犹豫、不知所措。

在文学技巧上，老舍善于观察大自然一年四季的不同风光，加以色彩鲜艳的渲染，并对习俗人情的描摹细致入微，从而把自然景色、社会气氛、风俗习惯，一直到三教九流各种人等的喜怒哀乐、微妙心态都结合浓缩在一起，增添了作品的生活气息和情趣，这是老舍在现代文学史上作出的特殊贡献。

老舍的语言通俗简易，朴实无华，并创造性地在人物的语言中，采用了地道的北京话，本土本色，活泼有趣、质朴自然，生活气息迎面扑来，具有独特的魅力。

在中国现代作家中，老舍是为数不多能引起世界级轰动的作家之一。日本成立有"老舍研究会"，并率先出版了《老舍小说全集》；欧美国家也纷纷翻译老舍的作品；苏联的一位教授说："在苏联没有'老舍热'，因为根本没有凉过。"这一切的一切，都充分显示出老舍在中国乃至世界现代文学史上的重要地位。

上海滩上的女作家张爱玲

1943年，张爱玲认识了文学月刊《紫罗兰》主编周瘦鹃。5月，张爱玲在该刊物上发表小说《沉香屑·第一炉香》，这使张爱玲在上海文坛一炮打响，从此一发而不可收。

绝代风华，一世悲凉

张爱玲，原名张煐，原籍河北唐山，1920年出生于上海没落贵族家庭。她系出名门，祖父张佩纶是清末名臣，祖母是清代名臣李鸿章的长女。

张爱玲5岁进入私塾读书接受教育，开始读中国古典名著。父母离婚后，她跟着父亲生活。11岁，入读上海圣玛利亚女校，并开始尝试写作。抗日战争爆发后，张爱玲转到香港读大学。香港沦陷后，她返回上海，开始了专业写作生涯。

张爱玲像

1943年，张爱玲发表小说《沉香屑·第一炉香》在上海文坛崭露头角。此后陆续发表《茉莉香片》《倾城之恋》《烬余录》《花凋》《红玫瑰与白玫瑰》等一系列小说、散文，在上海文坛大放异彩。同年与胡兰成结婚，然而这却是一段没有结果的爱情和婚姻，几年后张爱玲伤心之下，写信与胡断交。

1952年，张爱玲重回香港，开始为香港"美国新闻处"翻译外国文学。次年，用英文撰写了《秧歌》《赤地之恋》两部长篇小说。

1972年，张爱玲移居洛杉矶，开始了长达20余年的幽居生活。1995年9月8日夜（中秋节），张爱玲在洛杉矶一间公寓内去世。

苍凉哀婉的女性传奇

张爱玲一生坎坷，遇人不淑，最终孤苦一生。但是，她对文学终生挚爱不渝，写出了大量小说、散文、电影剧本以及文学论著，代表作品有小说集《传奇》和散文集《流言》等。《传奇》收录了她最著名的16部小说，其中以《倾城之恋》影响最广，更被中外电影公司拍成电影，流传于世。

张爱玲的作品，都是描述那个时代的人们和生活，背景多是香港的战事和沦陷的上海。如《倾城之恋》描写了离婚后的白流苏因为受不了家里不停给她的闲气，想尽办法嫁给了范柳原的故事。《色戒》是关于王佳芝意图通过美人计杀害汉奸易先生，最后却因爱上了易而放走他，自己却惨遭杀害。结局虽有好有坏，总体上都给人以一种悲凉的感觉。她以看穿人世的深邃目光，下笔冷静，常用第三人称即"他"的全知的视角

《倾城之恋》剧照

来描写，似乎并不掺杂自己太多的个人情感，但悲凉的基调却始终未变。

张爱玲最令人惊羡的，是她对笔下人物心理刻画的深入骨髓，虽然并非全是直接的心理描写，但她善于用各种色彩、声音、节奏来衬托出内心秘密。如《沉香屑·第一炉香》中"薇龙那天穿着一件磁青薄绸旗袍，给他那双绿眼睛一看，她觉得她的手臂像热腾腾的牛奶似的，从青色的壶里倒了出来"等，视觉效果极强，并将人物的内心表现得淋漓尽致。

张爱玲小说的语言华美绚丽，精练动人，绕过了"五四"时期的文学，而直接从《红楼梦》《金瓶梅》一脉传承，显得更加纯粹正宗、自然灵动，这

得益于她深厚的中国传统文化造诣。她还善于大量运用比喻、对照、反讽等手法，不用大段的铺张描写和渲染，却让人有非常真切、深入的感受。

张爱玲是 20 世纪中国文学史上一位充满传奇色彩的作家，她的著名作品取名《传奇》，而她的身世本身，也可以视为一部苍凉哀婉而精彩动人的女性传奇。

风格独特的讽刺小说《围城》

《围城》动笔于 1944 年，完稿于 1946 年，其时，作者正蛰居上海，耳闻身受日本侵略者的蛮横，"两年里忧世伤生"（《围城·序》），同时又坚韧地"锱铢积累地"把自己对人生与社会的思考付诸笔端。

清华教授，外文泰斗

钱钟书，字默存，1910 年生于江苏无锡一个教育世家，伯父、父亲、叔父都是老师。他自小聪慧，有过目不忘之才。1929 年考入清华大学外文系，读遍了校图书馆，终日博览中西新旧书籍。他上课从不记笔记，总是边听课边看闲书、作图画或练书法，但每次考试都是第一名，这让同学们佩服得五体投地。其间与杨绛相识相恋。

1935 年，钱钟书赴英国读牛津大学英文系，期间与杨绛结婚。获牛津副博士学位后，又赴法国巴黎大学进修法国文学。归国后，先后任昆明西南联大外文系教授、湖南蓝田国立师范学院英文系主任。开始写作《谈艺录》，完成小说《围城》的布局、构思。

抗战期间，钱钟书被困上海，任教于震旦女子文理学校，其间完成了诗

电视剧《围城》剧照

文评《谈艺录》《写在人生边上》的写作；开始创作长篇小说《围城》。抗战结束后，任上海暨南大学外文系教授。之后 3 年中，《围城》《谈艺录》相继出版，引起巨大反响。

中华人民共和国成立后，钱钟书继续担任清华大学外文系教授；后离开教职，专门从事外文研究。1998 年 12 月 19 日，钱钟书因病在北京逝世。

风格独特的讽刺小说

钱钟书作品类型很多，有散文集《写在人生边上》、短篇小说集《人·兽·鬼》、长篇小说《围城》、学术著作《谈艺录》《管锥编》《宋诗选注》等。这些著作在国内外学术界都享有很高声誉。

《围城》是钱钟书唯一一部长篇小说。小说以抗战初期为背景，以留学归国的方鸿渐的生活道路为主要线索，生动地描绘了现代中国上层知识分子的众生相。通过方鸿渐由上海到内地的一路遭遇，他与几位知识女性的情感、婚恋纠葛，以喜剧性的讽刺笔调，刻画了一部分知识分子的彷徨和内心挣扎——"城外的人想冲进来，城里的人想逃出来。"《围城》主题的深刻之处在于，它表面上是青年男女在爱情纠葛中的围困与逃离，而在更深的层次上，则是对社会、人生、心理、道德的病态作了深刻的解剖。

《围城》是一部非常有趣而吸引人的小说，它表现出了作者将中西文化信手拈来、运用自如的智慧，对世态人情的精微观察与高超的心理描写艺术，刻画人物洞幽烛微，剖析复杂性格心态更是极尽曲折而入木三分。

《围城》的描写，在艺术上有着卓然不群的风格，最显著的特色是讽刺与比喻手法贯穿于小说的始终，文笔犀利、机智幽默。而其比喻铺张细腻，生动贴切。小说的基本情节都围绕着方鸿渐展开，他的观人阅世的揶揄态度，背后隐含着作者的嘲讽口吻，交错交融，风趣横生，谐谑天成，读之令人捧腹。

小说《围城》是现代文学史上一部风格独特的讽刺小说，具有永久的艺术魅力和丰富的审美价值，中外学者对其推崇备至，几十年来畅销不衰，成为中国现代文学中永远的经典。

"山药蛋派"的开创者赵树理

山西作家赵树理因开创了文学的"山药蛋派",以其巨大的文学成就,被称为现代小说的"铁笔""圣手",成为新中国文学史上最重要、最有影响的作家之一。

服务大众的人民作家

赵树理与群众在一起

赵树理,原名赵树礼,1906 年出生于山西沁水县一个贫农家庭。他从小参加生产劳动时,就很喜爱民歌、民谣、鼓词、评书和地方戏曲,还参加了农民自乐班"八音会",会用各种乐器。这些经历,对于他了解农业和北方农村的风俗习惯,培育自己创作的大众风格,提供了有利条件。

1925 年,赵树理进入长治省立第四师范学习,从一些刊物中接受了"五四"新文学的影响,深受无产阶级运动的鼓舞。后由于反动当局的迫害无奈离校,在各地做乡村老师,长期过着飘泊不定的生活。从 1931 年起,他开始在一些报纸副刊发表小说、散文等作品。他在创作中注重文字的通俗性,力求使作品能让识字不多的农民能看懂,不识字的能听懂。先后创作了《铁牛的复职》《蟠龙峪》等小说。

抗战爆发后,赵树理积极加入革命工作。1941 年在华北党校做通俗文化工作。此后,任《黄河日报》副刊、《中国人》报、《新大众报》编辑,还参加农村剧团的编导工作,跟随剧团深入群众。其间写作了著名短篇小说《小二黑结婚》和其他大量小说、小戏、快板和其他通俗文章,如《李有才板话》《田寡妇看瓜》《李家庄的变迁》等,受到人们的热情赞扬,郭沫若和周扬分别发表文章推荐赵树理的作品。1947 年晋冀鲁豫边区文联召开会议,号召文艺创作向赵树理方向迈进，赵树理成了解放区最有代表性的作家之一。

解放后，赵树理先后在《工人日报》《说说唱唱》《曲艺》《人民文学》等刊物工作，1964 年回山西晋城工作。文革期间遭到迫害，于 1970 年 9 月 23 日含冤去世。

开创"山药蛋"派文学

赵树理长期默默无闻，但他凭借自己的不懈努力，在文学上取得了巨大成就，自抗战时起，他的作品不仅在国内引起巨大反响，还被迅速翻译介绍到国外。

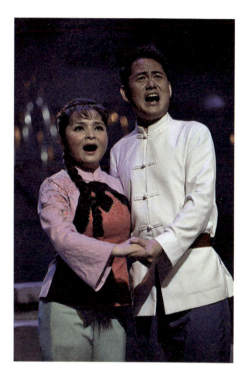

《小二黑结婚》剧照

赵树理的小说代表作有《小二黑结婚》《李家庄的变迁》《三里湾》《李有才板话》《登记》等。多以华北农村为背景，集中反映了我国解放前后农村社会的变迁，和不同时期存在其间的矛盾斗争，几乎涉及了晋东南民俗的各个方面，举凡生产劳动、饮食居住、婚丧嫁娶、宗教信仰、民间文艺等各个方面。

赵树理小说的艺术特色，体现在他的高度的群众观点。他在写作时，首先考虑的是能使群众听起来顺当，读起来习惯。每写成一篇，往往先念给周围的农民或基层干部听，以检验实际效果，凡是农民听不惯的就设法修改。

赵树理小说在结构上，成功地借鉴民间文艺中"讲故事"的手法，以大故事套小故事，巧设环扣，层层推进，既整体上一气贯通，又于局部起伏多变。作品的开头总会将人物介绍得清清楚楚，而后展开人物的性格，随情节的发展一步步走到结尾，最后必定将人物的结局、下落交代明白，做到有头有尾。

赵树理的小说塑造了众多的人物形象，但人物的性格往往不是在起伏很大的动作中完成，他善于把人物放到故事情节的发展和矛盾冲突中，多在日常生活细节中，朴实简练但却细腻地描写人物的行动和语言，来展现其性格特征。由于抓住了人物的特征，因而寥寥数笔就能把人写活，栩栩如生，呼之欲出。

赵树理在语言上更有杰出的创造。他锤炼语言的宗旨是"让一般识字的人一看就懂,不识字的人一听就懂"。他的评议都是直接来源于生活的"活的语言"。为了强化这种叙述语言形象逼真的艺术,还从农民的口语中锤炼出俗语、歇后语和丰富多彩的比喻,如"驴粪蛋上下了霜""看圣像"等,在轻松幽默、风趣横生之中,表现出人民群众的聪明机智和乐观主义精神。

在 20 世纪 50 年代,赵树理这种具有鲜明民族化群众化的艺术风格,被人们亲切地称为"山药蛋派"。这一艺术流派形成之后,对于后来的小说创作产生深远的影响,陆续涌现出冯志勤、西虎、威树、林依晨、赵少康等一批小说家,他们创作出了许多具有新鲜朴素的民族形式、生动活泼的群众语言、清新浓郁的乡土气息的带有"山药蛋味"的优秀作品。

第十四章
1949 年至 1978 年间的
中国文学

中国文学有生生不息的特征，那就是现在与过去始终保持着回应和联系，即使在"现代文学"的创作中，作家也没有切断与以往文学的关联，从某种意义上说，中国文学的"现代性"就是从重新解读汉魏乐府、唐诗宋词和古文开始的。

——《剑桥中国文学史》

柳青的《创业史》

公元1952年8月，柳青在陕西长安县深入生活，1953年3月，定居皇甫村，住在一个破庙里，专门从事文学创作，写下了轰动一时的长篇小说《创业史》，真实地描绘了中国农村一个特定历史阶段的图景。

革命的一生

柳青，原名刘蕴华，1916年生于陕西吴堡县。9岁开始上学，非常热爱文学创作。1934年，柳青考入西安高中，自学俄文介绍苏联文学，走上业余创作道路。不断在报刊上发表散文、诗歌和翻译的外国短篇小说。"一二·九"学生运动时期，他在西安积极参与游行示威，担任高中学生刊物《救亡线》编辑，呼吁"停止内战"，宣传抗日，并于1936年底加入了中国共产党。

之后，柳青来到了延安，他深入部队和农村工作，先后写出《误会》《牺牲者》《地雷》《种谷记》等多篇长短小说，生动地描绘了抗日军民的英雄形象。1948年，以著名的"沙家店战役"中一个粮店支前为题材，广泛征集了《铜墙铁壁》长篇小说的素材，并于1951年完成。

1959年，柳青的长篇小说《创业史》第一部问世，但随后"文革"开始，被迫中断写作。文革结束后，他在病床上改定了《创业史》第二部上卷和下卷的前四章，但未能如愿完成他创作4部的计划，即于1978年6月13日病故。

伟大的时代之作

柳青几十年如一日生活在农民中间，有着丰厚的生活积累，因此写出了许多以农村生活为题材的小说。代表作长篇小说《创业史》(第一部)创作于1952年，当时柳青任长安县委副书记。也就是在那里，他经历了农业合作化运动的各个阶段，于是他的《创史业》就见证了那时代。

《创业史》(第一部)以主人公梁生宝的活动为主线,通过描写关中地区一个农村互助组建立、巩固和发展过程中一些平凡的"生活的故事",充分表现出各种人物在合作化运动中各种错综复杂的利益矛盾和斗争,展示出他

们的思想和心理的变化过程,歌颂了蓬勃生长的社会主义新生力量,展现了中国农村秀美的、蕴含深意的生活画卷,表达了作者对农民命运的深切关注。

小说虽然头绪纷纭,出场的人物各异,却写得丝毫不乱,张弛有致。小说中塑造了许多血肉丰满、栩栩如生的人物形象,几乎包括当时农村社会各个阶段,阶层的典型:主人公梁生宝是共产党员和社会主义新型农民的代表,他热爱党,对事业忠诚,对人民充满了深情热爱;梁三老汉是老一辈农民的代表,思想和性格上有着善良勤劳但又倔强保守的矛盾特性;蛤蟆滩上"三大能人"身份性格不一,"能"的特点各异,非常生动。其他人物也都个性鲜明,有血有肉。众多人物组成了一个矛盾统一的形象世界。

在艺术描写上,作者既具有细节烘染和心理刻画细致入微之长,又兼擅俯视开阔、气概雄浑之胜。语言简洁明快,朴素晓畅,富有关中的乡土气息,使小说极富感染力。

新武侠小说的盟主金庸

公元1952年，金庸调入《新晚报》，与同事梁羽生相识为友。总编辑罗孚安排二人写武侠小说在副刊连载，梁羽生创作《龙虎斗京华》，金庸则写《书剑恩仇录》一炮走红，从此他的武侠小说风靡华人世界。

报业大王，香江名士

金庸，本名查良镛，1924年出生于浙江省海宁县的大族书香门第。从小广泛涉猎中外文学，学识渊博。1942年自浙江省衢州中学毕业后考入中央政治大学外交系，并在上海东吴法学院修习国际法课程。

大学毕业后，金庸曾在上海《大公报》、香港《大公报》及《新晚报》任记者、翻译、编辑，1959年在香港创办《明报》，任主编兼社长35年，期间创办《明报月刊》《明报周刊》、新加坡《新明日报》及马来西亚《新明日报》等。他还曾担任香港法律改革委员会委员和香港廉政专员公署市民咨询委员会召集人，历任香港特别行政区基本法起草委员会委员、基本法咨询委员会执行委员会委员，以及香港特别行政区筹备委员会委员。

2000年，金庸荣获香港特别行政区颁授的最高荣誉"大紫荆勋章"。2009年荣获"2008影响世界华人终身成就奖"。

新派武侠小说的盟主

金庸虽毕生从事新闻工作，但他却以另一种身份为世人所知，那就是"新派武侠小说盟主"。他坚持武侠小说创作15年，共写了15部脍炙人口的武侠小说，其中长篇12部，中短篇3部。金庸将其作品书名的第一个字作了一副有名的对联："飞雪连天射白鹿，笑书神侠倚碧鸳"。

金庸的武侠小说，在内容上最大的特色是虚实结合，哪是历史、哪是传奇，几乎不可分；同时那些英雄人物生活的场景或在江湖，或于朝堂，不单是关于江湖中正邪争斗、兄弟情仇、男女纠葛的传奇故事，也有着关于江山风雨、王朝更迭的展现。如《射雕英雄传》中，真实的历史人物有成吉思汗、丘处机、完颜洪烈等，而主人公郭靖却又是完全虚构的。还有《倚天屠龙记》中的朱元璋、陈友谅和张无忌，《鹿鼎记》中的康熙、施朗和韦小宝，等等。它绝不是再现历史，却在一定程度上反映出历史的真实性。再加以对人性的复杂性和人文主题的表现，大事不虚，小事不拘，使传奇故事达到了"化虚为实"的艺术效果，读来可信又耐看。

　　金庸武侠小说最突出的特点和艺术成就，在于他写出了人性的特点和深度。小说中每个人物都有鲜明的、独一无二的个性特点，也有着各自不同的感情世界和心理奥秘。他笔下的男主人公都不仅出身孤苦，而且心灵也多是孤独的；女性则多是为情所伤，令人读罢不禁深深沉浸在那种孤独茫然和伤情绝望的悲凉意蕴之中。

电视剧《射雕英雄传》剧照

　　金庸小说的艺术成就，还在于他把武功描写得异彩纷呈、妙招迭出；并且把中国文化艺术中的琴、棋、书、画都融入了武术之中，蕴含着中华传统中的"博采百家业方成""学艺还需大胸襟"等深刻道理。语言风格继承了古典白话小说的传统，古雅深情不乏风趣幽默，达到了雅俗共赏的境界。

　　金庸的武侠小说，通过侠义英雄的人生故事、情感世界及心路历程，揭示出深刻、永恒的人性，获得了极高的文学艺术成就，因此被普遍誉为武侠小说作家的"武林泰斗"。

白先勇和他的《台北人》

白先勇从1958年发表第一部短篇小说《金大奶奶》，到1979年在香港发表《夜曲》为止，共发表了30多部短篇小说。后陆续汇编成《台北人》《纽约客》《谪仙记》等短篇小说集，在华人世界极有影响。

将门之后，海外骄子

白先勇，回族，1937年生于广西桂林，父亲白崇禧是中国国民党桂系将领。白先勇7岁时患上了肺结核，因此无法上学，他于是在孤独中度过了童年时光；但这也让他"被迫"阅读了大量的中国民间故事和古典作品，使他具有了比较深厚的中国传统文学的素养。

白先勇像

抗日战争时期，白先勇与家人到过重庆、上海和南京，1948年迁居香港，就读于喇沙书院。1952年移居台湾，1958年进入台湾大学外文系学习，同时开始文学创作，在《文学杂志》发表了第一部短篇小说《金大奶奶》。两年后，他与同学共同创办《现代文学》杂志，并在此发表了《月梦》《玉卿嫂》《毕业》等多篇小说，编辑为小说集《寂寞的十七岁》。

大学毕业后，白先勇赴美国留学，其间创作了以美国社会为背景的多篇小说，反映旅美中国学人身处异地的种种心境、情感和遭遇，辑入《谪仙记》和《纽约客》中。1965年，白先勇取得爱荷华大学硕士学位，之后在美国加州大学圣塔芭芭拉分校教授中文及文学，从此在那里定居。此间，小说集《台北人》问世。

1994年，白先勇正式退休，1999年11月1日发表《养虎贻患——父亲的憾恨》一文，为父亲白崇禧立传。

当代中国短篇小说奇才

白先勇一生致力于文学研究和文学创作,出版有短篇小说集《寂寞的十七岁》《台北人》《纽约客》、散文集《蓦然回首》、长篇小说《孽子》等。他的短篇小说最有代表性,最誉为"当代中国短篇小说家中的奇才"。

白先勇的小说,以 1964 年在美国发表的《芝加哥之死》为界限,可分为前期和后期:前期都为在台湾时所写,后期则是在美国写的。前期思想性和艺术性稍显稚嫩,由于受西方文学影响,含有更多的个人色彩和幻想成分。后期随着他对中国民族文学研究的深入,在中国传统的表现方式中吸收了西洋现代文学的写作技巧,描写新旧交替时代人物的故事和生活,富于历史兴衰和人世沧桑感。

白先勇曾在中国大陆、台湾和美国等几个不同的时代和社会环境中生活过,这种生活经历在他的作品中都得到了不同程度的真实的反映,他在小说中反映出了整整一代人精神的飘零史。而且,他的小说都毫无例外地隐含着浓浓的悲剧意蕴,无论是讲述历史的兴衰还是现实中的人世沧桑,都让人深沉于那一份浓得化不开的文化乡愁之中,仿佛一曲曲时代的挽歌,萦回于读者的心灵之中。

白先勇擅长"以形传神"的手法来刻画人物,善于描写女性人物,他笔下的女性形象都是光彩照人、个性十足;尤其擅长通过描写女性的服饰来表现人物的身份地位、性格心理。如《谪仙记》中多次描写李彤的服饰,每次描写均有深意,尤其是那大蜘蛛形的钻饰,或在头发上,或在胸襟上,其位置永不固定,这既表现了主人公不羁的性格,又暗示出她家道中落首饰无多的境况。

在语言艺术上,白先勇小说中的人物对话就像人们日常讲话一样自然生动。此外,他还赋予了文字一如油画般色调的变化效果,常借着文句适当地选择与排列，配合各种恰当"象征"的运用，而将各种各样的"印象"，很有效地传达给读者。到了后期，他的语言更具有昆曲般的抒情、写意、象征、诗化的韵味。这源于他从小对昆曲情有独钟，他的小说《游园惊梦》即受昆剧《牡丹亭》启发；而《游园惊梦》中对心理的描写，则又借鉴了西方意识流的手法，新颖别致，令人耳目一新。

第十五章
1978 年至今的
中国文学

这一时段标志着中国文学领域的新方向，这一时期关注的一个重大问题，是作家们在对国家和全球的政治文化的变化作出的反应，同时还要如何界定他们自身以及他们的创作。

需要强调的是除了现实主义的创作，中国作家还尝试了各种各样的体裁和风格，如表现主义、自然主义和魔幻现实主义，这在不同的作家作品中都有所涉猎。正是这种多样化的动力，使从晚清到"五四"以来的中国文学，实现了现代化的发展。

——《剑桥中国文学史》

朦胧诗的代表人物北岛

北岛以一种清醒的理性精神，恢复了诗歌作为一种文学在中国的存在，以自己的创作接续了断流数十年的中国现代诗歌传统，激发新一代诗人成长，为中国诗歌作出了重要的贡献。

半生漂泊的诗坛奇才

北岛，原名赵振开，1949 年生于北京。在北京四中读了不到一年的高中，因数学成绩不好辍学，自 1969 年开始，当了 11 年的建筑工人。其间受到朋友的启发开始写诗。由于 1970 年他到海边度过了一段时间，所以诗中多充满着关于海岸、船只、岛屿、灯塔的意象。

在写新诗的同时，北岛还写了不少中、短篇小说，如《波动》《稿纸上的月亮》《幸福大街十三号》《归来的陌生人》等。1978 年还与芒克等人创办《今天》杂志，从此取笔名"北岛"。1981 年初任《新观察》杂志编辑，后又到外文局的《中国报道》任文学编辑。1985 年离开建筑公司后，在北京飞达(集团)公司待了大半年，之后成为自由职业者。两年后以访问学者身份赴英国大学并一度旅居瑞典等 7 个国家，自 1990 年移居美国，曾任教于加州戴维斯大学，同年主持《今天》文学杂志在挪威的复刊。

自 2004 年至 2014 年，北岛

北岛像

的散文集《失败之书》《蓝房子》《午夜之门》《城门开》和诗集《给孩子的诗》等先后在大陆出版。其间他于 2007 年 8 月搬到香港与家人团聚，结束了近 20 年的海外漂泊生活；并于 2014 年 9 月入围诺贝尔文学奖。还频繁在大陆参加新书发布会、诗歌朗诵会等活动；在最近的 2017 年 2 月 27 日，他还出席了"艺术庆云诗歌交流会"。

清醒冷静的朦胧诗

北岛作为中国当代诗人，创作了大量新诗作品，著有诗集《北岛诗歌集》《太阳城札记》《北岛顾城诗选》《陌生的海滩》，代表诗作有《回答》《一切》，成为"朦胧诗"派的重要代表人物。另外，还有散文集《失败之书》和小说《波动》等，作品被译成 20 余种文字。

北岛最著名的诗歌有《回答》《一切》《宣告》《结局或开始》等，反映了在"文革"中成长的一代人从迷惘到觉醒的心声，有很强的批判性和思想能量，使他的诗歌主题冷峻、思辨，有着独特的"冷抒情"风格。他以出奇的冷静，观察到了"那从蝇眼中分裂的世界"。那是一个怪异和异化的世界，造成了人的价值的全面崩溃，从而深刻地思辨出人性的扭曲和异化，呼唤人性的富贵，要以理性和人性为准绳，重新确定人的本性的价值。

与同期朦胧诗人相比，北岛的思辨特征更为清醒。他的诗最显著的艺术特征，是以隐喻、象征意象与直觉性表达相结合。如《祖国》中"她被铸在青铜的盾牌上／靠着博物馆黑色的板墙"，《诗艺》中"骨骼松脆的梦依然立在远方／如尚未拆除的脚手架"，等等。这些句子都具有鲜明的意象和独特的感觉，表现出主观情感与现实世界的巨大矛盾冲突。同时，这些具有高度概括力的悖论式警句具有冷峻的风格和坚硬的质地，造成了北岛诗独有的深沉的悲剧感和振聋发聩的艺术力量。

伤痕文学的三位先锋

"伤痕文学"的名称，源自卢新华发表于1978年8月《文汇报》的短篇小说《伤痕》。它在"反映人们思想内伤的严重性"和"呼吁疗治创伤"的意义上，受到文坛推崇。随后，揭露"文革"历史创伤的小说纷纷涌现。

伤痕文学开创一代文学新风

伤痕文学是"文革"之后，于20世纪70年代末到80年代初在中国大陆文坛占据主导地位的一种文学现象和文学潮流，其内容是揭露"文革"给人民造成的伤害，尤其是给青少年造成的精神内伤；带有感伤的、悲剧性的情感基调。

刘心武像

伤痕文学肇始于刘心武的小说《班主任》，随后有王余九的短篇小说《窗口》，最后得名于卢新华的小说《伤痕》。因此，现代文坛将刘心武、王余九、卢新华称为"伤痕文学三先锋"。

刘心武与《班主任》

刘心武，笔名刘浏、赵壮汉等，1942年出生于四川成都，1950年后定居北京。从1958年开始发表作品。1961年毕业于北京师范专科学校中文系，后任中学教员15年。1976年后任北京出版社编辑，参与创刊《十月》并任编辑。后历任《人民文学》主编、中国作协理事、全国青联委员等。

刘心武 1977 年发表短篇小说《班主任》，小说讲述了某中学教师如何尽力挽救一个在深受"文革"影响不学无术的中学生的故事，那一声声"救救孩子"振聋发聩，惊醒了人们已近麻木的心灵，拉开了人们回顾苦难的序幕，因此该作品被视为伤痕文学的发轫之作。

在艺术上，《班主任》涉及了个人经验和人性情感，有着比较浓重的伤感情绪，对当下和未来的迷惘、失落、苦闷和彷徨充斥在作品中。这展示出作家真诚地面对现实、反映现实的创作态度，这对于已被"假、大、空"文学拥塞多年的当时文坛，无疑是十分可贵的。小说一经发表，就在社会各界引起的强烈的反响。这是一种心灵的感应和共振。《班主任》触动了读者心灵深处的痛楚或惊醒了他们，这就是小说最成功之处。

王余九与《窗口》

王余九，安徽霍邱人，出生在抗日战争初期，童年是在抗日烽火中逃难度过的。1949 年参加人民解放军，在部队里读到了《钢铁是怎样炼成的》，点燃了他的人生梦文学梦。1956 年他考取了合肥师范学院中文系，毕业后在家乡任中学教员时开始在《安徽日报》上发表作品，先后写出《支部书记》《霍邱城血战记》等作品，1978 年 5 月发表短篇小说《窗口》，成为继刘心武的《班主任》之后伤痕文学的代表作。

《窗口》从改革开放后安徽的一角看中国农民的命运，通过生产队长吴永忠半生经历，让我们看到整整一代被折腾被委屈的中国农民的命运，揭示了1958 年以来极"左"路线给农村基层干部以及普通农民带来的深重灾难。让人们在反思中发现，中国农村要想奔向幸福的明天，必须更新思想，改变路线。

卢新华的《伤痕》

卢新华，1954 年生，江苏如皋人，1982 年毕业于复旦大学中文系。1969年回故乡插队，1973 年应征入伍。曾任上海《文汇报》文艺部记者，1979 年加入中国作家协会。后辞职经商，并于 1986 年出国留学，毕业于美国加州

卢新华像

大学洛杉矶分校，获文学硕士学位。

1978 年 8 月，卢新华在《文汇报》上发表短篇小说《伤痕》时，还只是一个大学一年级的学生。但《伤痕》却以悲剧的艺术力量，震动了文坛，获 1978 年全国优秀短篇小说奖，并被翻译成英、法、德、俄等十几国文字，使"伤痕文学"这种对"文革"苦难的揭露真正成为一种潮流的标志，并成为该文学流派的定名之作和代表作之一。

《伤痕》中对人性、人道主义的描写，突破了长期以来关于文艺的清规戒律，在当时引起了广泛的争论。在文学艺术上，小说中有不少黑色幽默和看似荒诞又十分合情合理的故事情节，读起来会让人联想到契诃夫、莫泊桑、陀思妥耶夫斯基、鲁迅等，有种"传统"文学特有的味道。

伤痕文学自"三先锋"之后，还有许多优秀的作家写出的杰出作品，如张贤亮的《灵与肉》、张洁的《从森林里来的孩子》、从维熙的《大墙下的红玉兰》、叶辛的《蹉跎岁月》及冯骥才的一些作品，可以说，"伤痕文学"形成了中国当代文学史上的第一个悲剧高潮，这便是伤痕文学在中国当代文学史上的意义所在。

陈忠实和他的《白鹿原》

陈忠实 1993 年发表的《白鹿原》是一部伟大的作品，从作品的深度和艺术技巧来看，它担当得起是大陆当代最好的小说之一，与获得诺贝尔文学奖的小说相比并不逊色。

扎根基层的文学家

陈忠实，1942 年 6 月生于陕西西安市灞桥区霸陵乡西蒋村。1962 年从西安市第三十四中学毕业后，历任西安郊区毛西公社蒋村小学教师、毛西公社农业中学教师及团支部书记、公社党委副书记、西安郊区文化馆副馆长和西安市灞桥区文化局副局长等，并担任过陕西省作协副主席、主席和名誉主席。

2016 年 4 月 29 日，陈忠实在西安西京医院病故，终年 73 岁。

史诗般的长篇巨著

陈忠实像

陈忠实从 1965 年开始发表作品，著有短篇小说集《乡村》《到老白杨树背后去》，中篇小说集《初夏》《四妹子》《夭折》《陈忠实小说自选集》(3 卷)《陈忠实文集》(7 卷)，散文集《生命之雨》《告别白鸽》《家之脉》《原下的日子》等。先后获全国优秀作品奖、《飞天》文学奖、首届《小说界》文学奖、《当

代》文学奖、《长城》文学奖等。尤其长篇小说《白鹿原》，曾获陕西双五文学奖、人民文学出版社炎黄杯文学奖和第四届茅盾文学奖。

陈忠实的呕心沥血之作《白鹿原》，以陕西关中平原上的"仁义村"白鹿村为舞台，以国内革命、抗日战争和解放战争为时间跨度，以白、鹿两大家族数代的爱恨情仇为主线，生动演绎了妙夺风水地、巧施美人计、孝子变贼匪、公爹杀儿媳、兄弟终反目、情人结仇怨等一幕幕跌宕起伏的话剧，作者没有停留在只描写家族的恩怨上，而是一并将家族矛盾与时代风云、国家兴亡交织在一起，使全书凝聚着丰厚的历史底蕴，具有着深刻的思想内容，像一首磅礴的民族史诗给人以无比的精神震撼与艺术享受。

《白鹿原》还有着相当成熟的艺术技巧，包括结构叙述、人物刻画和语言运用，等等。

首先，《白鹿原》在处理复杂的社会时空结构方面，显示出作者的独特风格和精心设计。小说中的家族叙事和革命事件齐头并进，但革命事件始终都隐于幕后，且全是为家族叙事服务的，用墨很少。在大的历史现实背景下，大胆突破，将白鹿原真实的社会历史现实，以封建宗法、社会伦理道德和阶级对立的"全景视角"巧妙地糅合在了一起，既不囿于原有的社会历史观点，也不以自己的主观判断为准绳，而是站在民间的客观立场上，来叙述历史和故事，以一个普通人的眼光看待革命斗争，从而使所还原出的历史"真相"更易于被人接受。

其次，《白鹿原》塑造了一系列典型的人物形象。如以白嘉轩、鹿子霖为代表的封建家长形象，以朱先生为代表的儒家文士形象，以田小娥、白灵、吴仙草等为代表的女性形象等，他们都含有浓郁的悲剧色彩。尤其是塑造出黑娃这个生性叛逆的典型代表，真实地再现了那个特殊的历史时期人们对传统文化的复杂心态，也表达了作者最深厚的生命意识和生命体验。

《白鹿原》最显著的特点，是语言通俗易懂，鲜活传神，并具有极强的地域色彩，如关中土语的运用，信天游体式的唱词，民间笑话的引用等，于质朴中渗透出民间乡土文化的气息，成为小说在语言运用上的特殊典范。而且还在有的地方把方言与人名进行了巧妙的谐音联系，是典型的民间幽默，意象鲜活，通俗传神，增强了作品的趣味性，并表现出民间大众的才智。

文坛刮起王朔风

　　王朔的小说所描写的，大多是都市"边缘人"的生活，如前期的《顽主》《浮出海面》，充满着调侃的基调，而后期，以《动物凶猛》为代表的作品，转向了有意义的写作方向。

不断创造惊喜的作家

　　王朔，祖籍辽宁岫岩，1958 年生于南京，后随父母来到北京，成长于一个军区大院里。先后在北京翠微小学、东门仓小学、北京 164 中学读过书，1976 年于北京第四十四中学高中毕业。

　　1977 年，王朔参加了中国人民解放军海军，来到青岛。海军整编后，王朔到一个部队仓库当卫生员，在《解放军文艺》发表了他的第一篇小说《等待》。1980 年在解放军文艺社工作了几个月后，从部队退伍回京，进入北京医药公司药品批发商店任业务员，但1983 年他就辞职了，短暂下海经商不成功，转而靠写作为生。

　　1984 年，王朔的中篇小说《空中小姐》发表后，引起很大反响。1989年接连有《顽主》《一半是海水，一半是火焰》《动物凶猛》《我是你爸爸》等小说问世，并先后被搬上银幕，这一年被称为"王朔年"。

　　进入 90 年代，王朔涉足影视圈，创作出剧本《渴望》《过把瘾就死》和《阳光灿烂的日子》，上映后大受欢迎，他还参与和主导了《北京人在纽约》《编辑部的故事》《我爱我家》《甲

王朔像

方乙方》《一声叹息》等众多有着广泛影响力的著名影视作品的编剧和策划，使"王朔热"持续升温。

2007年，王朔出版以佛经为题材的小说《我的千岁寒》，被伦敦书屋高价购买，创下中国国内版税的新高365万元。2010年，与冯小刚合作参与电影《非诚勿扰2》剧本的创作，王朔典型的京式幽默得到更大发挥。2013年，与冯小刚合作参与电影《私人订制》的编剧创作。

特立独行的创作风格

在中国现代文坛上，王朔是一个多产的作家，迄今已创作22部中篇小说、3部长篇小说，大约160万字，并创作了数十集电视剧。他以其作品的内容思想和语言特色而具有了独特的地位，从而在中国拥有众多读者，使文坛上刮起了一股"王朔风"。

调侃这种不硬也不软的语言形式，可以说是王朔小说中最大的语言特色。但是，王朔并不只是把调侃当成写作工具，更是当成了武器，他在小说构造的情境中，人物的行为并不是现时社会所允许的规范的行为，而是人潜在的某种欲望的显现，因此这种内在情绪，无法在传统的文化氛围和道德规范下直接表达出来。但是，王朔这种无所顾忌、略带轻佻的评议，也表现出对历史和正常的社会规范做出的无情、残酷的玩弄，如"我是流氓我怕谁""千万别把我当人"等语言广为流传，也正因此，王朔成为人们眼中的披着文化外衣的"痞子流氓"。

不过在后期，王朔的语言有了新的突破，如《我的千岁寒》，文字简洁，富有诗意，他还在序言中，强调"这部作品让汉语有了时态"。

王朔不管世人如何评价，他只以自己率真的个性生活、创作着，并不断给读者和文坛制造着新的惊喜——或惊诧！

莫言获得诺贝尔文学奖

　　莫言的作品，对中国社会有着深刻的剖析，并以他魔幻神秘的写作技巧和艺术形式，使他始终站在中国现实的土壤里进行写作活动，并成为当代最有代表性、最具有影响力的作家之一。

从高粱地走出的文学大家

　　莫言，原名管谟业，1955 年出生于山东省高密县一个农民家庭。1976年，莫言加入中国人民解放军，历任班长、保密员、图书管理员、教员、干事等职。在部队担任图书管理员的 4 年时间里，他阅读了大量的文学书籍，并于 1981 年公开发表第一篇小说《春夜雨霏霏》。

　　1984 年秋，莫言考入解放军艺术学院文学系；次年在《中国作家》杂志发表《透明的红萝卜》，产生强烈

电影《红高粱》宣传画

反响。1986 年，莫言又在《人民文学》发表中篇小说《红高粱》，并于 1988年改编为同名电影，在柏林电影节获得金熊奖，成为首部获得国际 A 类电影节最高荣誉的中国电影，进一步确立了莫言在文坛的地位。

　　1988 年 4 月，莫言发表长篇小说《天堂蒜薹之歌》。美国著名汉学家葛浩文读罢之后，马上决定要将莫言小说翻译出来，介绍给全世界的读者。1993 年，他将《红高粱》翻译成英译本，在欧美出版后引起热烈回响，被

World Literature Today 评选为"1993 年全球最佳小说"。2003 年，又将短篇小说集《师傅越来越幽默》翻译出来，在美国出版后，被《时代周刊》评论为"诺贝尔文学奖的遗珠"。

2005 年，莫言以作品"语言激情澎湃，具有无限丰富的想象空间"获得意大利诺尼诺国际文学奖。次年又荣获日本福冈亚洲文化奖，成为继巴金之后第二个获得该奖的中国作家。

2008 年，莫言凭借《生死疲劳》获得红楼梦奖以及美国纽曼华语文学奖。

2011 年，凭借《蛙》获得茅盾文学奖。

2012 年 10 月 11 日，瑞典文学院将诺贝尔文学奖授予莫言，他从而成为第一个获该殊荣的中国作家。

充满乡土气息的魔幻现实主义杰作

自 20 世纪 80 年代起，莫言以一系列乡土作品崛起。他的作品中，充满着"怀乡"以及"怨乡"的复杂情感，表达了对农民苦难的强烈愤怒和深刻同情，因此被归类为"寻根文学"作家。他如同一个草莽英雄般，高举起了

莫言获得诺贝尔文学奖

"高密东北乡"的大旗，创建了自己的文学王国。但是，他又超越了一般"乡土文学"的狭隘性和局限性，将对自己故乡的生活方式和一般生活状况的描写，上升到了对人的普遍性"生存"的领悟和发现的高度。

而在行文艺术上，莫言却深受西方现代文学中结构主义、感觉主义、象征主义等各种创作手法的影响。如《生死疲劳》《蛙》在叙事结构上，套用了佛家所宣扬的因果报应、六道轮回的荒诞形式，并且运用了《西游记》《聊斋》等神怪小说中的动物、地狱、幻境等神秘意象，因此，他的小说场景和时空不断地切换、颠倒，具有明显的空间形式小说的特征，使尖锐的现实性和批判性都隐藏于丰富的叙事艺术中。

莫言的小说在语言上，具有简洁晓畅、寓意丰富的特点。尤其对五彩缤纷的色彩的广泛运用是其小说的亮点之一，表明了他对于色彩的青睐。这从《红高粱》《红树林》《白棉花》《透明的红萝卜》《白狗秋千架》等标题上就可见一斑。借助于色彩，既能渲染出美丽的风景，显示自然的生机与活力，也可用以勾画外貌、描述心理、刻画人物形象。但值得注意的是，莫言在五颜六色中赋予了"红""绿"两种色彩独特的内涵。在传统文化中"红色"原本是热情、力量、神圣、尊贵、权威、喜庆的象征，但莫言却多用红色营造出一种悲感的氛围。而原本象征着青春、生机、智慧、希望的绿色，莫言却赋予了它落后愚昧、脏乱卑贱、愤激不安、灾祸死亡等意蕴。这种颠覆具有一种震撼人心的力量。

剑桥历史分类读本 ■